I0703054

JARED
Du bist meine Hoffnung

THE BILLIONAIRE BARONS OF TEXAS ❧ BOOK THREE

CHRIS KENISTON

Indie House Publishing

Indie House Publishing

KAPITEL EINS

„Was du brauchst, ist ein Mann."

Eve Baron stand über ihr Präparat gebeugt. Ihr fiel die Pipette aus der Hand und zu Boden. Sie drehte den Kopf zu ihrer Assistentin. „Wie bitte?"

„Du arbeitest zu hart." Isabel Santorini war die beste Compounderin, die beste Assistentin, mit der Eve je zusammengearbeitet hatte. Der weiße Laborkittel verbarg kaum die Gothic-Garderobe der Frau mit den schweren Kampfstiefeln, die über den Linoleumboden polterten. Auch die Vielzahl an Ohrsteckern, die rabenschwarz gefärbten Haare und das auffällige Make-up ließen nicht erahnen, welch brillanter Kopf seit dem Tag, an dem sie in der Parfümerie angefangen hatte, an Eves Seite war. „Ich kann deine Anspannung immer spüren, sobald ich die Schwelle überschreite. Du brauchst eine Runde Bettsport."

„Was ich brauche …", Eve reichte Isabel eine Liste mit den Zutaten ihrer neuesten Kreation, „… ist, dass du diese zusammensetzt und mein Liebesleben unerwähnt lässt."

„Würde ich gerne. Wenn du eines hättest." Isabel schaute mit einem breiten Grinsen auf. „Ein Liebesleben, meine ich."

„Mit meinem Liebesleben ist alles in Ordnung, danke."

Isabel stellte einen Teller mit Käse und frischem

Obst vor sie. „Natürlich ist es das. Deshalb hast du auch die ganze Woche auf dem Sofa in deinem Büro geschlafen."

Eve verdrehte die Augen. Aber die Frau hatte recht. Eve liebte ihre Arbeit, liebte es, ihre eigene Chefin zu sein. Seit sie die Kunst des Parfümmischens entdeckt und gemerkt hatte, dass sie darin verdammt gut war – besser als in der Herstellung von Klebemassen für Sicherheitsaufkleber –, hatte sie sich bemüht, ihre eigene Firma aufzubauen. Nun war es nicht ungewöhnlich, dass ihr bei der Arbeit an einem besonders bezaubernden Duft die Zeit davonlief und sie auf dem Sofa zusammenbrach. Das Gute daran war, dass die langen Arbeitstage sie davon abhielten, an grundlegende Dinge wie Essen zu denken, was dazu beitrug, dass sie immer noch dieselbe Kleidergröße trug wie in der Highschool. Als fürsorgliche Assistentin sorgte Isabel dafür, dass Eve wenigstens nicht verhungerte.

„Danke. Ich habe gar nicht gemerkt, dass ich Hunger habe." Eve steckte sich einen Bissen Käse in den Mund.

„Für Essen oder Männer?"

„Hörst du wohl auf damit!" Das Letzte, was Eve jetzt brauchte, war eine romantische Liaison.

„Ich meine es ernst. Vergiss das mit dem Bettsport. Wann hattest du das letzte Mal ein Date?"

„Vor zwei Wochen, bei der jährlichen Gala der Frauenhäuser."

Eine pechschwarz angemalte Augenbraue wurde hochgezogen, und Isabel schürzte ihre kohlrabenschwarzen Lippen in bitterer Ablehnung. „Jack Preston zählt nicht. Auch wenn der Mann verdammt sexy ist, könnte er genauso gut dein Bruder sein. Weiß der Himmel, kein ehrbarer Mann wäre bereit, mit der jüngeren Schwester seines besten Freundes auszugehen. Schon gar nicht, wenn der Bruder ein Baron ist und zwei weitere Brüder hat, die ihm bei einer Schlägerei den Rücken stärken."

Eve konnte dagegen nicht viel einwenden. Jack Preston, der College-Kumpel ihres Bruders Kyle, war schon seit einiger Zeit ihr bevorzugtes Date für Wohltätigkeitsveranstaltungen und Hochzeiten. Er sorgte für tolle Fotos, fütterte die Gerüchteküche, um die von ihr geförderten Wohltätigkeitsorganisationen in den Nachrichten zu halten, und wehrte unerwünschte männliche Goldgräber ab. Schade, dass er für die heutige Veranstaltung von *Housing for Heroes* nicht zur Verfügung stand. Der gesamte Abend war um ihre gemeinsame Spende mit einem großen Kosmetikunternehmen für die Namensrechte an einer neuen Duftkreation herum geplant. Alle erwarteten, dass die Spendenaktion ein voller Erfolg für die gemeinnützige Organisation werden würde, die so viel für in Not geratene Veteranen getan hatte. Zumindest heute Abend würden ihre Großeltern anwesend sein. Das war zwar nicht das Gleiche wie eine Begleitung an ihrem Arm, aber immerhin ein sicherer Hafen. Apropos, sie warf einen Blick auf ihre Armbanduhr. Fünfzehn Uhr. Wenn sie jetzt von hier abhauen würde, könnte sie dem leidigen Verkehr in Houston entkommen. Eines Tages würde sie ihre Firma aus der Innenstadt verlagern, ihr Stadthaus in den Heights verkaufen und sich in einem billigeren, weniger verkehrsreichen nördlichen Vorort niederlassen. Eines Tages.

Sie schob sich eine Weintraube und ein Stück Mozzarella in den Mund und nahm den Teller in die Hand, um auf dem Weg nach draußen weiter zu knabbern. „Danke für den Imbiss, aber ich muss mich beeilen, wenn ich zum Bankett heute Abend etwas anderes als meinen Laborkittel tragen will."

Isabel nickte. Eve war schon fast aus der Tür, als ihre Assistentin ihr nachrief: „Wenn du einen heißen

Junggesellen findest, nimm ihn mit nach Hause!"

Dass Pepper nach Hause humpelte, war die Krönung eines erbärmlich heißen und unproduktiven Tages. Wenn die heutigen Missgeschicke ein Hinweis darauf waren, wie der heutige Abend verlaufen würde, war Jared Gold in ernsthaften Schwierigkeiten.

„Oje!" Er hatte zwar Beine, die so krumm waren wie der Bogen von St. Louis, aber es gab keinen Mann auf diesem Planeten, dem Jared seine Pferde mehr anvertrauen würde als Randy. „Was ist passiert?"

„Gute Frage. Wir waren kaum das erste kleine Stück auf der Ostweide geritten, als sie anfing, eine Seite zu bevorzugen. Ich stieg ab und untersuchte ihre Hufe, aber ich konnte nichts sehen. Ich vermute, dass sie eine Prellung hat. Bevor wir heute Morgen rausgegangen sind, habe ich ein paar Kieselsteine aus ihren Hufen entfernt, aber du weißt ja, wie das ist."

Randy zog seine grauen Augenbrauen hoch. „Hast du deine Stiefel abgenutzt, als du mit ihr den ganzen Weg zurückgegangen bist?"

„So ungefähr." Jared tätschelte den Hals des Pferdes und kratzte sich unter dem Kinn. „Ich wollte kein Risiko eingehen."

„Kluger Mann!" Randy lächelte und griff nach den Zügeln. „Ich sehe sie mir mal an. Du gehst jetzt besser. Deine Mutter hat mich in der vergangenen Stunde dreimal angerufen und nach dir gefragt."

„Verdammt!" Jared schaute auf sein Handy. Fast siebzehn Uhr dreißig und zwei verpasste Anrufe von seiner Mutter. „Heute Abend ist diese blöde Gala. Ich habe Mom versprochen, dass ich für Dad einspringe."

„Aber ist das nicht die Spendenaktion für den Bau

von Heimen für in Not geratene oder behinderte Veteranen?", fragte Randy.

Jared nickte.

„Für mich klingt das nicht blöd."

„Nein." Jared stieß einen langen Seufzer aus. Da hatte er recht. Solange er denken konnte, war der Vorarbeiter der Ranch wie ein zweiter Vater für ihn gewesen. Jason Gold war ein großartiger Vater, hatte aber kein Interesse an der Ranch gehabt, die seiner Familie gehörte, seit Texas eine eigene Republik war. Alles, was Jared über Pferde und Viehzucht wusste, hatte er zuerst von seinem Großvater und dann von Randy beigebracht bekommen. Ein Mann und ein anständiger Mensch zu sein, hatte er sowohl von seiner leiblichen als auch von seiner Ranch-Familie gelernt. „Es ist eine gute Sache. Eine, für die ich gerne einen schönen Scheck ausstelle. Nur das Abendessen und das endlose oberflächliche Gequatsche sind eine blöde Art, einen Abend zu verbringen."

„Verstehe." Randy war ein Cowboy durch und durch. Er würde eine Nacht im Smoking und mit Champagner nicht überleben. Aber so wie Jared sich im Moment fühlte, war er sich nicht sicher, ob er selbst eine Nacht als Pinguin verkleidet überstehen würde, um sich bei der gesellschaftlichen Elite von Houston einzuschmeicheln.

Jared übergab Randy sein Pferd und drehte sich in Richtung des Haupthauses. An dem Tag, an dem er seinen Abschluss an der Universität gemacht hatte, hatte ihm sein Vater die Schlüssel zur Haustür übergeben, alle buchhalterischen Unterlagen für die Ranch, einschließlich seines Namens auf allen Bankkonten, und war mit seiner Frau in ein bescheidenes, 4.000 Quadratmeter großes Haus inmitten eines zwei Hektar großen, bewaldeten Grundstücks in der Vorstadt gezogen. Sowohl seine Mutter als auch sein

Vater waren nie glücklicher gewesen.

Sein nächster Gedanke war, wie schwer es sein würde, seine Mutter zu überreden, in letzter Minute einen Ersatz zu finden. Selbst sie würde verstehen, dass jeder Mensch erledigt wäre, nachdem er stundenlang zu Fuß mit einem lahmen Pferd über die Ranch gelaufen war. Von ihm zu erwarten, dass er sich schick machte und gesellig war, war unter diesen Umständen zu viel verlangt.

„Wurde auch Zeit." Kaum hatte sich die Haustür hinter ihm geschlossen, erschien seine Mutter im Eingang der Bibliothek. „Du gehst nicht an dein Telefon." Sie schnupperte in der Luft. „Und du brauchst eine Dusche. Eine lange Dusche." Trotz dieser Aussage marschierte sie direkt auf ihn zu und küsste ihn auf die Wange. „Wir wollen nicht zu spät kommen."

Sie trug ein elegantes schwarzes Abendkleid, ihre Lieblingsohrringe aus Saphiren und Diamanten und eine dazu passende Halskette. Ihr Haar war hochgesteckt, sodass ihre funkelnden himmelblauen Augen gut zur Geltung kamen, und er erinnerte sich daran, wie aufgeregt sie gewesen war, als ihr einziger Sohn zugestimmt hatte, mit ihr auszugehen. Er brachte es einfach nicht übers Herz, ihr zu gestehen, wie müde er war. „Ich brauche noch ein paar Minuten."

Ihr Blick wurde weicher, und sie legte sanft eine Hand auf seine Wange. „Anstrengender Tag?"

„Das kann man wohl sagen."

Liebe und Besorgnis leuchteten in ihren Augen auf. „Was ist passiert?"

Er schüttelte den Kopf. „Ich musste Pepper nach Hause bringen. Sie humpelt."

„Oje." Ihre Miene verzog sich vor Sorge. Seine Mutter mochte zwar kein Mädchen vom Lande sein, aber ihre Gutherzigkeit erstreckte sich auf Tiere und

Menschen gleichermaßen. Heute Abend war es eine Wohltätigkeitsgala für Veteranen, nächste Woche könnte es eine für streunende Katzen sein. „Nichts Ernstes, hoffe ich."

„Das hoffe ich auch. Randy wird mir Bescheid sagen, aber im Moment würde mir eine lange heiße Dusche guttun."

„Nimm ein Bad! Wir können uns ein wenig verspäten." Sie strich ihm wieder mit der Hand über die Wange.

Obwohl er ein erwachsener Mann war, der keine Streicheleinheiten brauchte oder wollte, konnte ihn die liebevolle Berührung seiner Mutter seltsamerweise immer noch beruhigen. Er wollte sie auf keinen Fall enttäuschen, indem er darum bat, den Abend ausfallen zu lassen. Wenn er Glück hatte, könnte er all den lästigen Leuten aus dem Weg gehen und den Abend einfach mit seiner Mutter genießen.

„Ich rufe nach Mary. Sie soll dir eine heiße Schokolade machen. Das ist gut für die Seele nach einem harten Tag." Mary war schon vor Jareds Geburt die Haushälterin der Ranch gewesen. Sie war der Familie Gold genauso treu ergeben wie ihrer eigenen.

„Danke, Mom." Er erwiderte ihr Lächeln und drückte sanft ihre Hand, dann ging er die Wendeltreppe hinauf zur großen Suite am Ende des Flurs. Vielleicht musste er die heiße Schokolade weglassen und stattdessen eine Kanne Kaffee trinken, sonst würde seine Mutter ihn heute Nacht schlafend in seinem Dessert finden. Vielleicht würde ein fünfzehnminütiger Nachmittagsschlaf helfen.

Auf seinem Bett liegend, die Augen geschlossen, wusste er nicht, ob er eingeschlafen war oder nicht, als ein Klopfen an seiner Zimmertür ertönte. „Herein!"

Die Tür ging auf, und Mary trug ein Tablett und lächelte ihn freundlich an. „Deine Mutter hat mich gebeten, dir eine heiße Schokolade zu bringen. Ich dachte, du magst vielleicht lieber Kaffee. Ich habe die ganze Kanne mitgebracht."

„Gott sei Dank!" Er richtete sich auf. Eines wusste er ganz genau, nämlich, dass dieses Haus ohne Mary nicht funktionieren würde. Allerdings war sie in die Jahre gekommen. Sie hatte vor ein paar Jahren ihren einzigen Sohn und ihre Schwiegertochter bei einem Autounfall verloren und zog nun ihren einzigen Enkel auf. An manchen Tagen dachte Jared, dass die Verantwortung, einen kleinen Jungen großzuziehen und für ihn zu sorgen, mehr war, als eine Frau in ihrem Alter auf sich nehmen sollte. Und dann gab es Zeiten, in denen er davon überzeugt war, dass Mary sie alle überleben würde. Zumindest heute Abend, mit der Kaffeekanne in der Hand, war sie seine Rettung. Hoffentlich würde der Konsum von ausreichend Kaffee seiner Mutter zuliebe ausreichen, um ihn von einem erschöpften Cowboy in einen charmanten Gala-Begleiter zu verwandeln.

KAPITEL ZWEI

Der Abend war genauso herausfordernd, wie Eve es erwartet hatte. Ihre Großeltern erregten immer ein gewisses Maß an Aufmerksamkeit, nicht nur, weil sie prominente Leute in gesellschaftlichen und politischen Kreisen waren, sondern auch, weil ihre Großmutter einem Zwerg das Gold aus der Nase ziehen konnte. Sie war dem Gouverneur in seinen zwei Jahrzehnten in der Politik eine enorme Stütze gewesen. Aber Grandma hatte es auch geschafft, noch mehr männliche Interessenten anzulocken, als Eve und der Name Baron es ohnehin getan hatten. Irgendwie hatte Eve sowohl dem spießigen und dreimal geschiedenen Sohn von Maude Vandemeer als auch Healy mit den Oktopus-Händen ausweichen können, ohne jemanden zu beleidigen oder sich allzu lange auf der Damentoilette verstecken zu müssen. Obwohl sie nicht daran zweifelte, dass sie, wenn der Abend so weiterging, mehr Zeit auf dem Klo als an ihrem Tisch verbringen würde.

Hoffentlich würde sie, sobald der Cocktailteil des Abends vorbei war und alle Platz genommen hatten, fest zwischen ihren Großeltern sitzen und sich so der männlichen Aufmerksamkeit entziehen können.

„Es ist alles köstlich, nicht wahr?" Ihre Großmutter trat neben sie, betrachtete das Tablett mit den Vorspeisen, das ein Kellner ihr hinhielt, und zupfte dann ein mundgerechtes Stück von etwas ab. „Hast du diese Quinoa-Häppchen schon probiert?"

Eve schüttelte den Kopf. Sie hatte noch nichts probiert, außer einem Glas ihres Lieblings-Weißweins.

„Die Bezeichnung klingt furchtbar, aber sie sind einfach köstlich." Lila Baron legte sich zwei weitere Quinoa-Häppchen auf den Teller und lächelte den Kellner freundlich an.

Als dieser sich zu ihr drehte, steckte Eve sich zur Beruhigung ihrer Großmutter ein Häppchen in den Mund. „Oh, sie sind besser, als ich gedacht hatte!"

„Würde ich dich in die Irre führen?" Ihre Großmutter lachte dieses süße Lachen, das andere immer dazu brachte, in ihr fröhliches Gelächter einzustimmen. „Oh, Margaret Gold winkt mir zu. Ich bin gleich wieder da."

Eve nickte und sah ihrer Großmutter nach, wie sie durch den Raum schwebte. In Anbetracht ihres Alters hielt sich die Dame immer noch aufrecht und bewegte sich mit der gleichen Anmut, die Eve schon als Kind bewundert hatte. Eines war sicher: Mit achtzig wollte Eve in die Fußstapfen ihrer Großmutter treten.

„Da sind Sie ja." Die Vorsitzende der Wohltätigkeitsveranstaltung kam auf sie zu, rieb sich enthusiastisch die Hände und grinste wie ein Honigkuchenpferd. „Es gibt so viel Tumult um die Namensrechte für Ihren neuesten Duft. Ich kann Ihnen gar nicht sagen, wie begeistert wir alle sind, dass Sie sich bereit erklärt haben, dies für uns zu tun. Schließlich hätten Sie auch mit einem Blindgänger von einem Namen enden können."

Der Gedanke war ihr auch gekommen, als sie zum ersten Mal so etwas für einen wohltätigen Zweck getan hatte. Aber sie hatte festgestellt, dass die meisten Leute vernünftig waren, wenn man ihnen einen vermarktbaren Namen gab. Am schwierigsten war es jedoch gewesen, als Ginger Harkenrider einen Duft *Hark the Angels* hatte nennen wollen. Doch am Ende hatte die

Frau Gefallen an *Sweet and Spicy* gefunden, weil sie geglaubt hatte, es sei eine Anspielung auf ihren Namen Ginger.

Langsam bewegte sie sich auf eine Ecke des Raums zu, steckte sich weitere Quinoa-Häppchen in den Mund und beobachtete die Anwesenden. Sie erkannte viele der Leute wieder und konnte genau sagen, wer heute Abend für einen guten Zweck ins Portemonnaie greifen und wer keinen Cent mehr als den Preis für das Abendessen ausgeben würde. Auf einmal sah sie einen Mann, der ihre Großmutter anlächelte. Er war groß, hatte sandfarbenes Haar und breite Schultern und wusste, wie man einen Smoking trägt. Sie konnte sein Gesicht nicht erkennen, war sich jedoch sicher, dass bereits viele Frauen versucht haben mussten, seine wie von der Sonne geküsste Haarfarbe nachzuahmen. Noch viel mehr würden heute Abend wahrscheinlich versuchen, mit ihm auf Tuchfühlung zu gehen. Es sei denn, er hatte eine Frau, die dagegen Einspruch erheben würde. Diese wäre nicht zu beneiden, falls sie existierte. Wenn sein Gesicht so attraktiv war wie seine Silhouette vermuten ließ, würde sie alle Hände voll zu tun haben, die Konkurrentinnen abzuwehren. Ein weiterer Grund, warum Eve als Single besser dran war. Männer waren anstrengend. Gut aussehende Männer meistens eingebildet. Reiche, gut aussehende Männer bedeuteten schlichtweg Ärger. Der Himmel wusste, dass ihr Bruder Kyle bis vor Kurzem ein hervorragendes Beispiel für gut aussehendes, reiches Futter für die Boulevardpresse gewesen war.

Eve war es leid, darauf zu warten, dass der Typ sich umdrehte, und wandte den Blick von ihrer Großmutter und dem geheimnisvollen Mann ab. Wenn Grandma mit ihm fertig war, würde sein Scheckbuch wahrscheinlich aufgeklappt sein und die Wohltätigkeitskassen würden überquellen. Daraufhin musste sie lächeln. Mit dem Rücken zur Menge sah sie zu, wie sich das Personal von dem Tisch mit den Vorspeisen entfernte, auf dem sich nun die neueste Kreation befand – ein Kaviar-Turm. Oder war es ein Kaviar-Brunnen? Was auch immer es war, es handelte sich um Kaviar, und den liebte sie abgöttisch. Besonders mit ein wenig Frischkäse auf nicht zu trockenem Toast. Sie könnte sich für den Rest des Abends an dieser Vorspeise laben – zum Teufel mit dem Abendessen, das bald serviert werden würde.

Allein die Tatsache, dass kein Toast vorhanden war, hielt sie davon ab. Sie schaute um den Kaviar-Turm herum, entdeckte die Servierschalen mit Sauerrahm, eine weitere Schale mit fein gehackten Zwiebeln, noch eine mit klein geschnittenen hart gekochten Eiern und schließlich ein Tablett nach dem anderen mit Mini-Pfannkuchen. Das war eine Premiere für sie. „Wer zum Teufel serviert Kaviar auf Pfannkuchen?" Es dauerte nur wenige Sekunden, bis ihr klar war, dass sie nichts zu verlieren hatte, wenn sie die Minipfannkuchen probierte. Mit der Schüssel in der Hand griff sie nach einem der Pfannkuchen, verteilte ein wenig Kaviar darauf und griff dann nach einem Klecks Sauerrahm. Sie hätte lieber Frischkäse genommen, das Geheimnis ihrer Großmutter, aber das war auch in Ordnung. Es gab nur ein klitzekleines Problem. Kaum hatte sie den Sauerrahm darauf geschlagen, klappte der instabile Pfannkuchen um. Sie konnte ihn gerade noch mit der anderen Hand auffangen, bevor das ganze Ding auf den Boden fiel. „Deshalb benutzen normale Menschen Toast."

„Wofür?" Eine tiefe und heisere Männerstimme war hinter ihr zu hören.

Die nächsten Sekunden schienen wie in Zeitlupe zu vergehen. Aufgeschreckt durch die Gänsehaut hervorrufende Stimme schlug sie sich eine Hand auf die Brust. Der Pfannkuchen fiel herunter, der in Sauerrahm getauchte Kaviar tropfte an ihrem Kleid hinunter und landete nicht auf dem Boden, sondern auf den sehr glänzenden und sehr teuer aussehenden Schuhen des Besitzers der Stimme.

„Oje!" Starke Hände mit langen, schmalen, weit gespreizten Fingern bewegten sich vor ihr. „Es tut mir so leid. Ich wollte Sie nicht erschrecken."

Überrascht über die Mischung an Speisen auf ihrem Lieblingskleid hob Eve den Kopf, nicht sicher, über wen sie sich mehr ärgerte – über den Koch, der der Meinung gewesen war, dass matschige Pfannkuchen zu Kaviar und Sauerrahm passten, oder … Ach du lieber Gott! Das war Mister „breite Schultern und sonnengeküsstes Haar".

Gut gemacht, Schwachkopf! Seit über einer halben Stunde, seit er die hübsche Blondine auf der anderen Seite des Raums zum ersten Mal gesehen hatte, versuchte er, sich zu ihr durchzuschlagen. Heute Abend gab es hier zwei Arten von Frauen. Bei der einen war das Haar verlängert oder aufgetürmt, und ihr Gesicht mit Make-up zugekleistert. Ihre Kleider waren in der Regel tief dekolletiert oder geschlitzt und überließen wenig der Fantasie. Und dann gab es noch die Art wie die elegante Blondine in dem fließenden, nachtblauen, trägerlosen Kleid. Ihr Haar, das oberhalb der nackten Schultern zu einem schlichten Dutt zusammengebunden war, glänzte im Schein der Lampen. Hohe Wangenknochen mit nur einem Hauch von Rosa und tiefblaue Augen, die zum Kleid passten, unter üppigen langen Wimpern, brachten ihre natürliche Schönheit zur Geltung und wirkten gleichzeitig elegant. In dem

Moment, in dem sie den Saal betreten hatte, war sie ihm ins Auge gefallen und hatte sein Interesse geweckt. Er hatte bis jetzt gebraucht, um sich von den Freunden seiner Mutter zu lösen und nahe genug heranzukommen, um zu sehen, ob sie am linken Ringfinger einen goldenen Ring trug.

Zu seiner Freude hatte er schon nach wenigen Metern erkennen können, dass sie an ihrer linken Hand keinerlei Schmuck trug. Zu seinem Pech war sie auch mit den unpraktischsten Vorspeisen beschäftigt, die er je gesehen hatte. Dieselben Horsd'oeuvres, die jetzt dank ihm an ihrem Kleid herunterliefen. Er zog sein Taschentuch aus der Brusttasche und reichte es ihr.

Die Arme seitlich ausgestreckt, starrte sie auf ihr Kleid hinunter, bevor sie den Kopf hob und seinem Blick begegnete.

„Ich zahle gerne die Kosten für die Reinigung." Das war das Einzige, was ihm eingefallen war. Normalerweise war er dafür bekannt, ein gewandter Redner zu sein. Als einer der zehn begehrtesten Junggesellen Houstons in den vergangenen fünf Jahren war er bei Frauen hoch angesehen. Heute Abend schien er nur über den Wortschatz eines nervösen Teenagers zu verfügen.

Feuer in den Augen, die Lippen zu einer schmalen Linie zusammengepresst, atmete sie tief ein und schüttelte den Kopf. „Es ist nicht Ihre Schuld." Sie sah sich um, griff nach einer Serviette und wischte die größeren weißen Klumpen auf, dann schüttelte sie erneut den Kopf. „Wenn Sie mich entschuldigen, ich muss mich sauber machen, bevor ich mich mit Leuten herumschlagen muss."

„Natürlich." Wieder streckte er den Arm mit dem Baumwolltaschentuch aus, das er in seiner Tasche gehabt hatte. „Das könnte helfen."

Erneut schaute sie von ihrem Kleid in sein Gesicht.

Er wusste nicht, ob sie das Angebot annehmen oder ihm eine Ohrfeige geben würde. Schließlich nickte sie und nahm das Taschentuch entgegen. „Danke."

Nach zwei Sekunden war sie weg.

„Mach den Mund zu, du fängst sonst Fliegen." Seine Mutter stellte sich neben ihn. „Du verjagst die Frauen, was?"

„Hm?" Er drehte sich um und sah das neckische Grinsen auf ihrem Gesicht.

„Ich habe gesehen, wie du mit einer Frau gesprochen hast und sie dann weggelaufen ist. Lag es an dem, was du gesagt hast?"

„Wofür."

„Wie bitte?" Ihre Belustigung wich Verwirrung.

Er schüttelte den Kopf. „Ich fragte sie, wofür, und daraufhin hat sie ihren Kaviar auf ihr Kleid verschüttet."

„O nein!" Seine Mutter schaute in die Richtung, in die seine geheimnisvolle Dame gelaufen war. „Ich werde mal nachsehen, ob sie Hilfe braucht."

„Gute Idee." Wenn die Frau die Veranstaltung nicht verließ und nach Hause ging, würde er vielleicht noch einmal die Gelegenheit bekommen, mit ihr zu sprechen oder zumindest ihren Namen zu erfahren. Eine Telefonnummer wäre schön, aber er konnte nicht wie ein Stalker hier herumstehen und auf die Rückkehr seiner Mutter und der schönen Blondine warten. Als er sich umdrehte, wäre er beinahe mit einer anderen Frau zusammengestoßen.

„Jared, ich bin so froh, dass Sie Ihre Mutter heute Abend begleiten konnten. Wie ich höre, sitzen Sie beide mit dem Gouverneur und mir an einem Tisch." Mrs. Baron hakte sich bei ihm unter und stupste ihn zum Gehen an. „Ich freue mich darauf, mich mit Ihnen auszutauschen. Sie wissen schon, von Rancher zu Rancher."

„Ja, Madam."

Der Enkel von Lila Baron, Kyle, war einer von Jareds ehemaligen Kommilitonen. Es war eigentlich eine Ironie des Schicksals, dass die beiden Familien Nachbarn waren und Jared bis zu seinem Zusammentreffen mit Kyle im College keine Gelegenheit gehabt hatte, einen der Baron-Enkel kennenzulernen. Aber so viel Spaß sie auch oft gehabt hatten, irgendwann war es Jared schwergefallen, mit dem jetsettenden Rennfahrer Schritt zu halten und das Leben auf der Ranch, das er wirklich liebte, unter einen Hut zu bringen. Vor allem, nachdem sein Vater ihm die Zügel überlassen hatte.

Und dann saß er mit einer der spendabelsten Bekannten seiner Mutter am Tisch und hielt Ausschau nach seiner Mutter und der Blondine. Als sie schließlich in der Tür zum Bankettsaal auftauchten, schlug sein Herz schneller. Zu seiner Freude begleitete seine Mutter – Gott segne sie! – die Frau, die seine Aufmerksamkeit erregt hatte, zu ihrem Tisch.

Er richtete sich auf und wartete darauf, dass die beiden Damen näherkamen. Obwohl er sein gewinnbringendstes Lächeln aufsetzte, war die einzige Reaktion der Blondine große Überraschung. Eine, die an Schock grenzte. Und noch etwas wurde ihm klar: Es brauchte mehr als ein bildhübsches Lächeln und ein Angebot der Kostenübernahme für die chemische Reinigung, um das wiedergutzumachen.

Lila Barons Augen weiteten sich und zeigten die gleiche Überraschung wie die Blondine. „Eve, was ist mit dem Vorderteil deines Kleides passiert?"

Seine Mutter winkte die Bemerkung der älteren Frau ab. „Ein kleines Malheur. Es wird bald wieder trocken sein. Nicht wahr, Liebes?"

Die schöne Blondine war also Eve, eines der unzähligen Enkelkinder der Barons, und wenn er sich richtig erinnerte, Kyles kleine Schwester. Allerdings war sie nicht mehr klein. Kein bisschen.

Mit einem Lächeln, das eindeutig ihrer Großmutter galt, da sie sich nicht die Mühe machte, jemand anderen anzusehen, tätschelte Eve den Arm der älteren Frau. „Mrs. Gold hat recht. Wenn wir mit dem Salat fertig sind, wird mein Kleid trocken sein und niemand wird merken, dass ich gerade ein Kaviarbad genommen habe."

Der Großmutter blieb der Mund weiterhin offen stehen, bevor sie ihn endlich schloss. „Wie bitte?"

„So schlimm war es nicht." Seine Mutter machte eine weitere abweisende Handbewegung. „Nur ein paar Tröpfchen."

„Ich verstehe." Mrs. Baron blickte vom Kleid ihrer Enkelin auf deren Gesicht und schenkte ihr ein Lächeln. „Wie Tom Hanks in *Apollo 13* sagte, sieht es so aus, als hätten wir unsere einzige Panne für heute Abend gehabt."

Jared warf einen kurzen Blick in Eves Richtung. Aufgrund ihres Stirnrunzelns vermutete er, dass sie das Gleiche dachte wie er. Dieser Satz im Film kam kurz bevor eine der schlimmsten Weltraumkatastrophen aller Zeiten ihren Anfang genommen hatte.

„Die Kellner beginnen nun mit dem Abendessen. Ich gebe gerne zu, dass ich ganz schön hungrig bin." Lila Baron klopfte auf den Stuhl neben sich und lächelte ihre Enkelin wieder an. „Komm, setz dich zwischen Jared und mich. So hast du jemanden, der jung ist und mit dem du reden kannst."

Eves Gesicht spiegelte erneut Überraschung wider. „Sie sind Jared Gold?"

Nicht zum ersten Mal war ihm sein Ruf offensichtlich vorausgeeilt. Er seufzte, nickte und gab zerknirscht zu: „Das stimmt leider."

KAPITEL DREI

Beim nächsten Mal sollte Eve einfach zu Hause bleiben, wenn Jack Preston sie nicht zu einer großen Wohltätigkeitsgala begleiten konnte. Es war ja nicht so, dass ihr neues Parfüm bei einer Auktion *nicht* viel Geld einbringen würde, wenn sie nicht da wäre, um es zu vermarkten. Der heutige Abend war eine ernste Angelegenheit, und die ganze Nacht mit einem der Playboy-Freunde ihres Bruders zu verbringen, entsprach nicht ihrer Vorstellung von angenehmer Gesellschaft.

„Es tut mir leid." Ihre Großmutter runzelte die Stirn. „Kennt ihr zwei euch nicht?"

Jared räusperte sich. „Es tut mir leid, dass wir uns erst vor Kurzem kennengelernt haben."

„Das kann man wohl sagen." Eve bemühte sich um ein freundliches Lächeln, aber sie war sich immer noch nicht ganz sicher, ob sie sich den Kaviar über das Kleid geschüttet hätte, wenn er nicht aufgetaucht wäre. Sie reichte ihm die Hand. „Eve Baron. Schön, Sie offiziell kennenzulernen."

„Das Vergnügen ist ganz meinerseits."

Der Kellner kam mit einem Tablett mit Salaten, und als Mrs. Gold ihren Platz eingenommen hatte, wurde Eve klar, dass sie zwischen ihrer Großmutter und Jared sitzen sollte. Genau das, was sie heute Abend nicht gebrauchen konnte: einen gut aussehenden Mann, der nicht nur eine Vergangenheit als harter Partylöwe hatte, sondern auch eine Stimme, die wie Samt klang und sie furchtbar nervös machte.

Nach der Hälfte des Salats verwickelte ihr Großvater Jared in ein langes Gespräch über die Zucht während zwei Jahreszeiten, Frühling und Herbst. Sie war ihr ganzes Leben lang Teil der Ranch-Familie gewesen und hatte irgendwie übersehen, dass die Ranch der Familie, wie auch diejenige der Golds, nicht nur einmal, sondern zweimal im Jahr eine Rekord-Anzahl an Kälbern hatte. Die Unterhaltung ging mit kleinen Abstechern zu Futter und Zäunen fast das ganze Abendessen über so weiter. Gerade, als sie Messer und Gabel auf ihren Teller legte, beugte sich Jared zu ihr und fragte sie: „Tanzen Sie mit mir?"

Sie schaute über ihre Schulter auf die Tanzfläche. Einige Paare hatten ihre Mahlzeiten offenbar ebenfalls schon beendet und bewegten sich auf der quadratischen Holzfläche. Mehrere Sekunden lang überlegte sie, wie sie höflich ablehnen konnte. Sie wünschte sich, der Moderator würde die Musik abstellen und mit der Auktion beginnen, denn sie wusste so gut wie jeder andere, dass es im Interesse der Wohltätigkeitsorganisation war, alle Teilnehmer mit Essen und Alkohol zu versorgen. Zwei Dinge, die dazu beitragen, die Scheckbücher zu öffnen und die Gewinne zu steigern.

„Was für eine schöne Idee!" Ihre Großmutter wandte sich ihrem Mann zu und legte sanft ihre Hand auf seine, während er seinem Gegenüber vom aktuellen politischen Klima in Texas im Vergleich zu seiner Zeit erzählte. „Gouverneur, wollen wir tanzen?"

Der alte Mann drehte sich zu seiner Frau um, und als er ihre sanfte Berührung auf seiner Hand spürte, lächelte er sie an und stand auf. „Es wäre mir eine große Freude."

Bevor Eve reagieren konnte, war Jared schon auf

den Beinen und streckte ihr eine Hand entgegen. Obwohl alle Alarmglocken in ihrem Kopf schrillten und ihr damit bedeuteten, dass sie Nein sagen sollte und dass Männer, die so gut aussahen und so reich waren wie die Golds, nur Ärger bedeuteten, war sie zu höflich, um etwas anderes zu tun als zu nicken und Jared in die Mitte der Tanzfläche zu folgen. Sein Griff um ihre Hand war fest, aber nicht zu fest, seine andere Hand auf ihrem unteren Rücken schob sie sachte vorwärts. Er tat einen Schritt, der Druck auf ihren Rücken wurde stärker, als er sie vorwärtstrieb, und ihr Herz machte einen Sprung.

Zumindest konnte der Mann tanzen, und zwar richtig. Sie hatten eine Runde um die Tanzfläche gedreht und waren in perfekter Synchronisation darüber geschwebt. Er schaffte es sogar, ein oder zwei Drehungen hinzulegen, ohne dass sie über ihre oder seine Füße stolperte. Auf dem College war sie mit einem Typen zusammen gewesen, der den unangenehmen Spitznamen *Tanzteufel* gehabt hatte. Ihr hatte es gefallen, wie gut er getanzt hatte und dass er es ihr beigebracht hatte. Er hingegen hatte den Spitznamen gehasst und sich schließlich dafür entschieden, das Studienfach und die Uni zu wechseln, und so war sie mit Typen zurückgeblieben, die kaum den Takt hatten halten können.

„Danke."

„Wofür?" Sie legte den Kopf in den Nacken, um sein Gesicht besser sehen zu können.

Seine Augen funkelten vor Heiterkeit. „Das war mein Wort."

Sie brauchte einige Augenblicke, um das zu verstehen. Das war das unverhoffte Wort gewesen, das sie dazu gebracht hatte, ihren Kaviar zum zweiten Mal zu verschütten. „Das war es, aber danke wofür?"

„Dass Sie Ihr Abendessen nicht vor meinen Füßen

losgeworden sind, als ich Sie zum Tanzen aufforderte."

„Nun, das wäre nicht sehr damenhaft gewesen, oder?"

„Sie haben es also in Betracht gezogen." Sein Lächeln wurde breiter und das Funkeln in seinen Augen stärker.

Sie konnte sich ein Lachen nicht verkneifen. „Nicht wirklich."

„Ein Grund mehr, Ihnen für diesen Tanz zu danken."

Seine Wortwahl ließ vermuten, dass er sie nach dem Ende des Stücks wieder an den Tisch zurückbringen wollte, und zu ihrer Überraschung war sie von dieser Aussicht mehr enttäuscht als von dem unangenehmen Unfall. „Es ist schön, sich mit jemandem auf der Tanzfläche zu bewegen, der nicht auf meine Schuhe oder mein Kleid tritt."

Er neigte den Kopf nach hinten und lachte aus vollem Hals. „Ich versuche mein Bestes."

Beim Klang seines Lachens schlug ihr Magen Purzelbäume. Alles, woran sie denken konnte, war, dass sie beim Tanzen Gott sei Dank keinen Kaviar balancieren musste. Das tiefe Timbre seiner Stimme hätte ansonsten dazu geführt, dass sie sich den ganzen Abend vollkleckerte.

„Ihr Bestes ist verdammt gut. Glauben Sie mir, ich weiß, wovon ich spreche. Vier große Brüder. Alle haben mit mir als Teenager geübt, und nach all den Jahren habe ich bestimmt noch blaue Flecken, die beweisen, dass alle außer Mitch zwei linke Füße haben."

„Meine Mutter meinte, ein wirklich glücklicher Mann sei einer, der seine Frau zum Tanzen ausführen könne."

Schnell überlegte sie, ob ihr Ranch-Nachbar verheiratet war oder nicht. Während Kyle es auf der

Rennstrecke zu Ruhm und Ehre gebracht hatte, war Jared einer der beliebtesten Junggesellen der Gesellschaft von Houston geworden, dessen Name oft mit der einen oder anderen Frau in Verbindung gebracht wurde. Soweit sie sich erinnern konnte, fiel ihr keine Hochzeit ein, zu der zumindest ihre Großeltern eingeladen worden wären. „Wie klappt es so mit dieser Philosophie Ihrer Mutter?"

Er zuckte mit den Schultern. „Es gab bislang keine Beschwerden auf der Tanzfläche, aber auch keine Ehefrau. Trotz Moms bester Bemühungen."

„Ah. Sie haben also auch eine?"

„Was denn, Mutter?" Er hob fragend die Brauen.

Sie unterdrückte ein lautes Lachen. „Eine Heiratsvermittlerin."

„Traurigerweise, ja. Und sie hat die absolut schlechteste Vorstellung davon, wer perfekt für mich sein könnte."

„Wollen wir es wagen, Geschichten zu vergleichen? Denn mein Großvater hat mit uns allen ein paar verrückte Sachen angestellt. Ein Grund, warum keiner von uns jemals allein bei einem Familientreffen oder einer Veranstaltung auftaucht, wenn wir es vermeiden können."

„Ich nehme an, der heutige Abend war unvermeidbar?"

Sie nickte.

Sein Grinsen wurde wieder breiter. „Dann ist das wohl meine Glücksnacht."

Und damit wirbelte er sie leicht herum und beugte sie bei der letzten Note des Liedes nach hinten. Verdammt, konnte der Kerl tanzen! Der Himmel mochte ihr verzeihen, aber sie konnte nicht umhin, sich zu fragen, welche anderen Talente Mister „sonnengeküsstes Haar" noch hatte.

Für den Bruchteil einer Sekunde zweifelte Jared an dieser letzten Aktion. Das Lied und das Timing waren, zusammen mit dem Gespräch, die perfekte Kombination gewesen, um seine Tanzpartnerin nach hinten zu beugen. Das Problem war natürlich, dass das nicht allen Damen gefiel, vor allem nicht denen, die er gerade erst kennengelernt und mit denen er nur einmal getanzt hatte. Zu seiner Erleichterung verrieten ihm ihre rosigen Wangen und ihr breites Lächeln, dass er das Richtige getan hatte.

„O Mann!" Eve legte eine Hand auf ihre Brust und lächelte immer noch. „Ich weiß nicht, ob ich schon einmal so nach hinten gebeugt worden bin."

„Sie hätten es mir auch vermiesen können."

„Wie bitte?" Sie wurde sofort ernst und sah ihn verwirrt an.

„Manche Damen werfen sich mit ihrem gesamten Gewicht nach hinten. Sie jedoch haben eine gewisse Anspannung behalten und es mir leicht gemacht."

„Ich verstehe." Eine tiefe Falte bildete sich zwischen ihren Brauen, dann lachte sie. „Zumindest glaube ich, dass ich das tue."

„Seien Sie versichert, dass das ein Kompliment war."

„Dann höre ich auf, solange es noch geht."

Die Band spielte ein weiteres Lied, und sein Blick wanderte von ihr zur Band und wieder zurück. „Lust auf eine weitere Runde?"

Sie nickte enthusiastisch.

Wieder einmal nahmen sie die übliche Haltung von Tanzpartnern ein. „Ich schätze, diese Wohltätigkeitsgalas sind ein alter Hut für Sie?"

Immer noch lächelnd, nickte sie. „Zwei Dinge

passieren einem weiblichen Baron an seinem sechzehnten Geburtstag – die Einführung in die Gesellschaft, gefolgt von einer Einführung in Philanthropie. Falls es Sie interessiert: Dank zweier Sommer, in denen ich ehrenamtlich Häuser für Veteranen gebaut habe, weiß ich, wie man einen Hammer schwingt."

„Daran werde ich denken, wenn ich das nächste Mal den Zaun reparieren muss."

Sie lachte. „Das habe ich lange vor meinem sechzehnten Geburtstag gelernt."

„Sie machen keine Witze, oder?" Er konnte sich nicht vorstellen, dass eine so elegante Dame reiten und Zäune reparieren konnte.

„Alle Baron-Enkelkinder wurden dazu erzogen, ihre Träume zu leben. Aber obwohl wir eine Familie aus Geschäftsleuten, Politikern und Adrenalinjunkies sind, kennt sich jeder von uns mit Rindern aus."

Es dauerte eine Sekunde, aber dann konnte er sie sich tatsächlich in Jeans und Cowboystiefeln vorstellen, hoch zu Ross, mit einem breitkrempigen Stetson, der ihre blauen Augen vor der Sonne schützte. „Daran zweifle ich nicht."

„Was ist mit Ihnen? Ich kann mich nicht erinnern, Sie auf denselben Veranstaltungen wie Ihre Mutter gesehen zu haben."

Er schüttelte den Kopf. „Meine Erziehung war bezüglich Wohltätigkeitsveranstaltungen anders als Ihre. Meine Mutter hat es immer geliebt zu helfen, aber abgesehen davon, dass er an ihrer Seite einen Smoking trug, bestanden Dads philanthropische Bemühungen hauptsächlich darin, Schecks zu unterschreiben. Ich habe seine Wohltätigkeits-Gene scheinbar geerbt."

Sie lachte erneut. „Gut. Dann hoffe ich, dass Sie heute Abend einen schönen, fetten Scheck unterschreiben werden."

Er brach in Gelächter aus. „Touché. Ein schöner, fetter Scheck gehört Ihnen."

Während des restlichen Tanzes informierte Eve ihn über die Einzelheiten der Wohltätigkeitsveranstaltung des heutigen Abends. Er verstand, warum so viele Organisationen sie auf ihrer Seite haben wollten. Noch bevor die letzte Note des Liedes gespielt worden war, hatte sie ihn nicht nur davon überzeugt, dass ein schöner, fetter Scheck fällig war, sondern ihn auch dazu gebracht, auf der gepunkteten Linie zu unterschreiben.

„Meine Damen und Herren!" Eine Frauenstimme ersetzte die Musik. „Wenn Miss Baron bitte vortreten würde. Sie wird uns über das besondere Auktionsobjekt des heutigen Abends aufklären."

Er drehte rechtzeitig den Kopf, um zu sehen, wie sich ihr Brustkorb mit einem tiefen Atemzug hob und sich ihre Schultern versteiften. Ihm war klar, dass sie sich für etwas wappnete, das sie lieber nicht täte. Er hatte das Gefühl, dass sie zwar gut darin war, ihre Sache zu verkaufen, dass sie es aber lieber unter vier Augen getan hätte.

„Wenn Sie mich entschuldigen, es sieht so aus, als wäre ich dran." Sie lächelte sanft, berührte leicht seinen Arm, und als sie an ihm vorbeiging, hielt sie inne und warf ihm einen Blick über die Schulter zu. „Danke. So viel Spaß habe ich schon lange nicht mehr gehabt."

Er hätte etwas erwidern sollen, aber seine Zunge schien taub geworden zu sein. Stattdessen nickte er und hoffte, dass es noch Zeit für einen weiteren Tanz und eine Chance geben würde, ihre Nummer zu erhalten.

„Sie ist reizend." Er hörte die Stimme seiner Mutter über seine Schulter.

Dem konnte er nicht widersprechen. Also nickte er, wie er es vorhin bei Eve getan hatte.

„Komm, wir setzen uns." Seine Mutter legte ihm

die Hand auf die Schulter. „In Ordnung?"

„Natürlich." Es kostete ihn mehr Mühe als erwartet, den Blick von Eves Kleid abzuwenden.

Als er sich neben der Matriarchin der Barons niederließ, brauchte er sich nicht um höfliches Geplauder zu bemühen, denn aller Augen waren auf die Bühne gerichtet. Mit ihrem strahlenden Lächeln, ihren unbedeckten Schultern und dem wallenden Kleid hätte Eve auch ein Superstar aus der goldenen Ära des Films sein können, der gerade einen Preis entgegennimmt.

„Guten Abend, meine Damen und Herren." Vom Podium aus richtete sich ihr Blick auf die einzelnen Tische. „Ich freue mich sehr, heute Abend hier bei Ihnen allen zu sein."

Tosender Beifall erfüllte kurzzeitig den Raum.

„Da Sie genügend Zeit hatten, sich die Auktionstische anzuschauen, wissen Sie, dass wir heute Abend einige wunderbare Gegenstände im Angebot haben."

Zu Jareds Überraschung gab es kaum Gemurmel oder andere Geräusche, die zu einem Bankettsaal gehörten, der mit reichen und mittlerweile leicht angeheiterten potenziellen Spendern gefüllt war. Oder in diesem Fall – Bietern. Als sie die Liste der größeren Posten durchging und sich bei den Spendern bedankte, konnte er sehen, wer wegen der guten Sache hier war und wer nur gesehen werden oder sich auf die Schulter klopfen lassen wollte. Als sie zu dem Teil kam, in dem sie die neuesten Düfte nannte, die von einem der größten Kosmetikunternehmen des Landes vermarktet werden sollten, wurde es plötzlich still im Raum.

„Auf das Parfüm des heutigen Abends bin ich besonders stolz. Ich bin dankbar, in Texas aufgewachsen zu sein. Wir sind so gesegnet mit Naturwundern und fabelhaften Blumen."

Er musste ihr zugestehen, dass sie den Saal mit etwas überzeugte, mit dem jeder etwas anfangen konnte. Es gab einen Grund dafür, dass sich die Redewendung „In Texas ist alles größer." in der Kultur des Staates festgesetzt hatte.

„Vergangenes Jahr, als ich das Rosenfestival in Tyler besuchte, dachte ich an meine Großmutter und daran, dass alles, was sie anfasste, stets nach Rosenwasser roch. Unsere texanischen Rosen haben diesen süßen Duft für mich zum Leben erweckt, und ich habe über ein Jahr gebraucht, um genau die richtige Kombination zu finden, die uns ein Leben lang glückliche Erinnerungen bescheren wird – so wie meine Grandma sie uns geschenkt hat."

Als sie mit ihrem subtilen, aber überzeugenden Verkaufsgespräch fertig war, hatte Jared keinen Zweifel mehr daran, dass die Wohltätigkeitsorganisation an diesem Abend mehr Geld erhalten würde, als sie auszugeben wusste.

KAPITEL VIER

„Wie ich höre, warst du gestern Abend der Hit des Abends." Wann immer Craig geschäftlich in der Gegend von Houston zu tun hatte, bemühte er sich, etwas Zeit auf der Ranch zu verbringen. Zum Glück für Eve war dies sein Wochenende. Ihr Bruder schenkte ihr eine Tasse Kaffee ein und nahm neben ihr Platz.

„Wenn du meinst, dass ich nach meinem Auftritt auf der Bühne keine Minute für mich hatte, dann ja." Alles, was sie sich für den Rest des Abends gewünscht hatte, war ein weiterer Tanz mit Jared Gold gewesen. Leider waren sämtliche potenzielle Spender aufgetaucht, um mit ihr zu plaudern und ihr jedwede Hoffnung auf einen letzten Tanz zu nehmen, bevor Margaret Gold und ihr Sohn sich wortlos aus dem Staub gemacht hatten.

„Hör nicht auf sie." Ein schwanzwedelndes Hündchen hatte es sich auf Lila Barons Schoß bequem gemacht. Liebe und Stolz leuchteten in deren Augen, als sie ihre Enkelin anlächelte. „Sie war in der Tat ein Hit, und die Namensrechte für den neuen Duft haben sehr viel Geld in die Kassen gespült. Auch wenn die Kosten steigen, wird es auf jeden Fall mehr Heime für unsere kämpfenden Veteranen geben."

„Ich habe auch gehört, dass du mit Jared Gold gesehen wurdest, wie er dich beim Tanzen nach hinten gebeugt hat." Diesmal konnte ihr Bruder, der sie über den Rand seiner Kaffeetasse hinweg ansah, sein schelmisches Grinsen nicht verbergen. Er wusste ganz genau, dass Männer wie Jack Preston und Jared Gold nicht ihr Typ waren.

„Wir haben getanzt." Sie hoffte, dass ihre heißen Wangen nicht ihr teenagerhaftes Interesse an einem Mann verrieten, der sie mit seinen Tanzkünsten betört hatte. Wahrscheinlich sollte sie außerdem daran denken, dass das Spiel mit dem Feuer nie eine gute Idee war. „Nur ein Tanz." Leider. „Nichts, worüber man klatschen könnte." Jeden Moment rechnete sie damit, dass jemand ihr schlechtes Schauspiel durchschaute.

„Dann", Craig stellte seine Tasse auf die Untertasse, „wird es dir egal sein, dass Jared heute Morgen angerufen hat."

„Oh!" War ihre Stimme eine Oktave höher gewesen?

„Ja." Craig verbiss sich ein Lächeln. „Er hat am Rande erwähnt, dass er vorbeikommen möchte."

„Hier?" Toll, nun war ihre Stimme nicht nur um eine Oktave gestiegen, sie quiekte geradezu.

„Ich bin mir ziemlich sicher, dass er nicht mein Haus in Austin gemeint hat."

„Oh." Endlich war ihre Stimme wieder normal. „Dann besucht er also dich."

Craig trank einen so langen und langsamen Schluck seines Kaffees, dass er sich wahrscheinlich für einen Guinness-Weltrekord qualifiziert hätte. Eve aß einen Bissen von ihrem Spiegelei und bemühte sich redlich, so zu tun, als sei es ihr völlig egal, was Mister „sonnengeküsstes Haar" tat oder nicht tat.

Es klingelte an der Tür, und sie hätte fast ihr Essen ausgespuckt. Um diese Uhrzeit an einem Samstag hatte sie sich nicht einmal die Mühe gemacht, sich zu schminken. Ihr Haar war zu einem behelfsmäßigen

Dutt auf dem Kopf zusammengebunden, und natürlich hatte sie sich heute Morgen ein altes, ausgebeultes Sweatshirt übergeworfen. Hätte sie gewusst, dass sie Besuch bekamen, hätte sie sich wenigstens etwas Ordentlicheres angezogen.

„Morgen." Craig deutete auf die Kaffeekanne auf dem Buffettisch, als ihr Gast den Raum betrat. „Möchtest du eine Tasse?"

Den Hut in der Hand nickte Jared. „Das wäre toll. Ich hatte heute Morgen kaum Zeit, ein paar Schlucke zu trinken."

Das Hündchen war von Grandmas Schoß gesprungen und sprang nun mit seinem Geschwisterchen um Jareds Stiefel herum.

„Honey! Moon!" Grandma schnippte mit den Fingern nach den Welpen, deren wedelnde Schwänze sofort sanken, während sie zu ihrem Frauchen hochstarrten. „Fühlen Sie sich bitte wie zu Hause." Grandma deutete auf einen der freien Stühle am Tisch. „Was für eine angenehme Überraschung!"

„Danke." Jared neigte den Kopf zu Eve und lächelte. „Sie waren gestern Abend ein echter Hit."

„Ich hab's dir doch gesagt." Craig grinste zufrieden. Warum er diese Situation so amüsant fand, verstand sie nicht ganz. Normalerweise würde er einen Mann, der seiner Schwester den Hof machte, mit einer geladenen Schrotflinte verjagen.

Während er sich eine große Tasse Kaffee einschenkte, wanderte Jareds Blick unmerklich von Craig zu ihr. Zum Glück hatte er genug Manieren, um die Bemerkung ihres Bruders unkommentiert zu lassen. Stattdessen richtete sich seine Aufmerksamkeit auf ihre Großmutter. „Ist der Gouverneur da?"

„Ich fürchte nicht." Grandma schüttelte den Kopf. „Er hatte heute Morgen einen frühen Termin. Ist es dringend?"

„Nein." Sein Blick wanderte beiläufig in ihre Richtung, bevor er sich wieder der Familienmatriarchin zuwandte. „Aber einer Ihrer Bullen hat den südlichen Zaun durchbrochen."

„Schon wieder?" Grandma seufzte. „Wir haben diese Saison eine ganz schön widerspenstige Rinderherde."

„Ich habe ihn vorerst gesichert, aber es könnte an der Zeit sein, den Zaun mit Stahl zu verstärken, wenn Sie die Bullen auf der Weide halten wollen."

„Der Gouverneur hat das neulich beim Abendessen erwähnt", sagte Craig.

„Ich dachte mir, da wir die Zaunreihe teilen, muss ich mit deinem Großvater reden, bevor ich das angehe."

„Willst du das selbst machen oder jemanden anheuern?", fragte Craig.

Sein Blick wanderte kurz in ihre Richtung, und Jared verzog die Mundwinkel zu einem leichten Lächeln, bevor er sich wieder dem Gespräch mit ihrem Bruder zuwandte. „Ich schätze, das hängt davon ab, wie viele von euch sich daran erinnern, wie man auf einer Ranch arbeitet." Jetzt verwandelte sich das angedeutete Grinsen in ein richtiges Lächeln.

Sie widerstand dem Drang, den Kopf zu schütteln. Genau so hatte sie ihren Morgen beginnen wollen, indem sie einem Pisswettbewerb zwischen zwei übergroßen Jungs beiwohnte.

An der Art und Weise, wie die Muskeln in Craigs Kiefer zuckten, erkannte sie, dass das breite Lächeln ein Vorbote für eine Testosteron-Challenge war. „Man muss sich nicht an etwas erinnern, das man nie vergessen hat."

Jared nickte. „Gut, dann können wir auf dich zählen, wenn es um einen harten Arbeitstag geht."

„Und auf meine Brüder."

Oh, da würden ihre anderen Brüder aber begeistert

sein, wenn sie erfuhren, dass Craig sie in den Bau eines Stahlzauns hineingezogen hatte! Sie wusste genau, dass sowohl die Golds als auch die Barons es sich leisten konnten, ein Projekt dieser Größenordnung in Auftrag zu geben. Aber sie wusste auch, dass Generationen von Cowboy-Genen in Kombination mit einer traditionellen Auffassung von Männlichkeit bedeuteten, dass diese Jungs sich gegenseitig beweisen mussten, dass sie noch das Zeug zu richtiger Arbeit hatten.

Das Gespräch dauerte lange genug, damit Eve ihr Frühstück beenden und darüber nachdenken konnte, ob der Tanz von gestern Abend etwas mit diesem Besuch zu tun hatte oder nicht. Sie war sich ziemlich sicher, dass diese Art von Gespräch normalerweise am Telefon geführt worden wäre. Schließlich hatte sie in den vergangenen zehn Jahren eine Unmenge von Wochenenden hier verbracht, und Jared Gold hatte kein einziges Mal einen Fuß über ihre Türschwelle gesetzt. Andererseits erforderte ein großes, teures Projekt wie dieses vielleicht tatsächlich ein persönliches Gespräch.

„Leider muss ich jetzt los." Craig stand vom Tisch auf. „Aber ich habe ein Treffen mit einer Hollywood-Diva, die die Filmrechte an einem Buch gekauft hat und will, dass wir ihn produzieren."

„Du siehst nicht sehr begeistert darüber aus", sagte Eve.

„Bin ich auch nicht. Das Buch ist gut. Sehr gut sogar. Aber es handelt sich um einen Filmstar, dessen Ruf, während der Produktion Ärger zu machen, die meisten Produzenten verschreckt."

Während die beiden Welpen gehorsam in ihren Körbchen in der Ecke des Zimmers ruhten, rutschte ihre Großmutter vom Tisch zurück und stand auf. „Ich bin zuversichtlich, dass du eine derartige Frau im Zaum halten kannst." Sie machte ein paar Schritte und strich mit den Fingerspitzen zärtlich über sein Kinn. „Du hast die charmante Art deines Großvaters geerbt."

Eve musste sich sehr beherrschen, um nicht vor Lachen loszuprusten. Der Großvater, den sie kannte, konnte zwar ziemlich galant mit seiner geliebten Frau sein, aber schroff, kurz angebunden und streng waren die Worte, die ihr in den Sinn kamen, wenn sie diesen Mann beschreiben musste. Es fielen ihr auch viele andere ein, aber charmant war eigentlich keines davon.

Nachdem ihr Bruder und ihre Großmutter aufgestanden waren, stand auch sie auf. Jared und sie folgten ihnen. Als sie sich umdrehte, um hinter ihrer Großmutter aus dem Zimmer zu gehen, griff Jared nach ihrer Hand, um sie aufzuhalten. Er flüsterte ihr zu. „Können wir kurz reden?"

„Natürlich." Sie blieb auf der Stelle stehen. „Stimmt etwas nicht?"

Den Hut in der einen Hand fuhr er sich mit der anderen über den Nacken. „Oh, ich wollte nicht den Eindruck erwecken, dass etwas nicht stimmt." Er ließ die Hand fallen und verlagerte das Gewicht von einem Fuß auf den anderen. Dann seufzte er und schüttelte fast unmerklich den Kopf. „Für einen erwachsenen Mann stelle ich mich wirklich dämlich an. Ich hatte gehofft, Ihre Telefonnummer zu erhalten."

Das war eine ganz andere Seite des großspurigen Mannes, der sich gerade einen verbalen Schlagabtausch mit ihrem Bruder geliefert hatte. Und sie wurde auch nicht dem Ruf eines notorisch charmanten Junggesellen gerecht. Sie versuchte, nicht allzu breit zu grinsen. „Natürlich. Ich hole mein Handy und schicke Ihnen eine Nachricht."

„Also …" Er schlug mit dem Hut gegen seinen Oberschenkel. „Da ich schon mal hier bin, könnte ich Sie vielleicht überreden, heute Abend mit mir essen zu gehen?"

„Oh!" Aus irgendeinem Grund war sie von der

Einladung überrascht.

„Oder auch nicht.“

„Nein, nein, ein Abendessen wäre … schön.“ Sie wollte lächeln, da fielen ihr ihre Pläne für den heutigen Tag ein. „Ich habe versprochen, ein paar Fotos mit dem Gewinner der Ausschreibung zu machen und dann heute Nachmittag auf der Baustelle zu helfen. Ich bin mir nicht sicher, ob ich mich früh genug wegschleichen kann.“

„Baustelle?“

„Ja. Die Wohltätigkeitsorganisation von vergangener Nacht. Ähnlich wie bei *Habitat for Humanity* arbeiten Freiwillige auf der Baustelle eines Hauses. Ich habe dem Koordinator gestern Abend versprochen, dass ich kommen werde. Jedwede Werbung ist immer gut.“

„Können Sie zusätzliche Hilfe gebrauchen?“

Seine Antwort kam unerwartet, vor allem nach der Bemerkung von gestern Abend, dass er am liebsten nur einen Scheck ausstellen würde, aber ein Hilfsangebot lehnte sie niemals ab. „Gern, aber ich muss um zehn Uhr hier aufbrechen.“

Er nickte verständnisvoll und sah aus, als wollte er einen Rückzieher machen und das Abendessen verschieben, da lächelte er sie an. „Ich hole Sie ab.“ Immer noch lächelnd setzte er sich seinen Hut auf den Kopf, durchquerte das Foyer mit drei langen Schritten und öffnete die Haustür. „Wir sehen uns um zehn!“

Sie nickte und sah zu, wie sich die Tür hinter ihm schloss. Der einzige zusammenhängende Gedanke, der ihr in den Sinn kam, war, dass es nicht früh genug zehn Uhr sein konnte.

Sein Vorarbeiter würde ihn dafür hassen, dass er einen harten Arbeitstag sausen ließ, aber wenn der Chef sich nicht für eine gute Sache freinehmen konnte, wozu war er dann der Chef? Jared stand auf der Baron-Veranda und schaute sich um, während er darauf wartete, dass jemand an die Tür kam. Er war schon immer von der Ähnlichkeit des Hauses mit Tara aus dem Kultfilm von 1939 beeindruckt gewesen. Die für die Gegend extravagante Architektur fügte sich gut in die sanften Hügel ein, und selbst die paar Kühe, die dort herumliefen, wirkten nicht fehl am Platz.

Die Tür ging auf, und über die Schulter des Butlers hinweg sah er Eve die vordere Treppe hinunterspringen.

„Ich bin bereit, wenn Sie es sind." Ihr Lächeln war breit, aufrichtig und absolut fesselnd. In ihrer gut sitzenden Jeans und dem perfekt gebügelten Hemd sah sie zweifellos aus wie der bestgekleidete Bauarbeiter des Kontinents. Dass sie mit einem dumpfen Aufprall im Erdgeschoss landete und mit rosigen Wangen und leicht außer Atem zu ihm lief, trug nur noch mehr zu ihrem Charme bei.

Wenn er nicht aufpasste, würde er in große Schwierigkeiten geraten, und das eher früher als später. „Ich gehöre ganz Ihnen."

Ihre Augen weiteten sich leicht, und er kniff seine zusammen.

Hatte er wirklich etwas so unangemessen Provokantes gesagt? „Ich meine, am heutigen Tag. Diesem Arbeitstag."

Sie schlüpfte an ihm vorbei und lachte leise. „Ich verstehe." In dem Moment, in dem ihr Blick auf sein Auto fiel, blieb sie abrupt stehen und fragte: „Sie fahren einen Porsche?"

„Ist das ein Problem?"

„Nein, ganz und gar nicht. Ich habe nur erwartet,

dass Sie in einem Truck auftauchen und nicht in einem GT-3 RS."

Hätte sie hinter dem Wagen gestanden, hätte ihn die Aussage nicht überrascht, aber so war es ziemlich klar, dass sie in Sachen Autos Bescheid wusste. Diese Frau steckte voller Überraschungen. „Sie kennen sich mit Autos aus."

„Das sollte ich auch, sonst serviert Kyle meinen Kopf auf einem Tablett."

Ja, natürlich. Es ergab Sinn, dass die Schwester eines professionellen Rennfahrers sich mit Autos auskannte. „Möchten Sie fahren?"

Ihr Kopf ruckte so schnell herum, dass jeder Normalsterbliche ein Schleudertrauma erlitten hätte. Sie riss die Augen auf und öffnete leicht den Mund, und er fragte sich, ob er das Falsche gesagt hatte. „Sie würden mich Ihren Porsche fahren lassen?"

Er ließ den Blick von ihr zu seinem Auto und wieder zurück schweifen. „Können Sie mit einem Schaltgetriebe umgehen?"

Sie nickte energisch.

„Dann ja."

Wieder weiteten sich ihre Augen, und ein Lächeln breitete sich langsam auf ihrem Gesicht aus. Sie streckte einen Arm aus und schüttelte leicht den Kopf. „Sie sind ein Mysterium, Mr. Gold."

„Warum das?" Er ließ den Schlüssel in ihre Handfläche fallen.

„Für eine Frau ist ein Auto nichts weiter als ein Transportmittel. Aber für einen Mann ist so ein Sportwagen nicht nur sein ganzer Stolz, sondern auch sein kleiner Schatz. Nur wenige Männer würden jemanden ihr Heiligtum fahren lassen. Sagen wir mal so: Sie überraschen mich."

„Kleiner Schatz?"

Sie schloss die Finger um den Schlüssel und hüpfte

praktisch um das Auto herum zur Fahrertür. „Jeder weiß, dass Autos nach Frauen benannt werden. Teure Autos nach sehr schönen Frauen."

Er konnte sich ein Grinsen nicht verkneifen. Vielleicht sollte er das Auto einfach in *Eve* umbenennen.

Innerhalb weniger Augenblicke war Eve angeschnallt, und bevor er ihr die Eigenheiten des Autos erklären konnte, hatte sie den ersten Gang eingelegt und war losgefahren. Sie raste anschließend mit einer Geschwindigkeit dahin, die selbst er nicht für möglich gehalten hätte. Jeden Moment erwartete er, dass sie in die Luft abheben würden, und er war sehr dankbar, dass es momentan nur geradeaus ging, sonst hätten sie die Kurven vielleicht auf zwei Rädern genommen. „Sind wir spät dran?"

Eve schüttelte den Kopf.

„Dann haben wir es nicht eilig?"

„Nein." Wenigstens behielt sie beide Hände am Lenkrad und ihre Augen auf der Straße.

„Wir brauchen uns also nicht zu beeilen?" Am liebsten würde er sich am Armaturenbrett festkrallen, fürchtete aber, dass er sich dann wie seine eigene Mutter vorkommen würde.

Ihr Blick wanderte von der Straße zu ihm, und sie sah ihn ungläubig an. „Das hier ist ein Porsche."

Das wusste er auch.

„Diese Dinger wollen ans Limit gebracht werden." Sie schaute wieder auf die Straße vor ihr. Mit einer Berührung, die so sanft war wie die einer Mutter, die ihr Neugeborenes streichelt, fuhr Eve mit ihren Fingern über das Armaturenbrett und murmelte sanft: „Lass dir von diesem Angsthasen nichts einreden."

„Angsthasen?" Der Drang, sie vom Fahrersitz zu schubsen und ihr zu zeigen, wozu sein Auto in der Lage war, war überraschend stark.

„Ab und zu ein bisschen Geschwindigkeit auf offener Straße ist gut für die Seele."

Er konnte ihr nicht widersprechen, aber es kam ihm plötzlich in den Sinn, dass das Bedürfnis nach Geschwindigkeit genetisch bedingt sein könnte. Immerhin war der Name Baron sowohl bei Autorennen als auch beim Segeln sehr bekannt. Offenbar war das mangelnde Verständnis der menschlichen Sterblichkeit und die Fähigkeit, auf der Überholspur zu fahren, nicht auf die männlichen Mitglieder des Baron-Clans beschränkt.

KAPITEL FÜNF

Jedes Auto, das Eve je besessen hatte, war praktisch gewesen. Im Alter von acht Jahren hatte sie auf dem Schoß ihres Großvaters das Autofahren gelernt. Oder war sie neun gewesen? Nun, die meisten Leute würden das nicht als Fahren lernen bezeichnen. Auf der Ranch gab es so viele Straßen, dass ihr Großvater sie auf seinen Schoß gesetzt und sie hatte lenken lassen, während er die Pedale bedient hatte. Als sie schließlich alt genug gewesen war, um den Führerschein zu machen, war es ein Leichtes, den alten Jeep zu steuern. Zu ihrem sechzehnten Geburtstag hatte ihr Vater ihr einen Mustang geschenkt. Das Auto sah toll aus. In dessen Innerem hatte sie sich pudelwohl gefühlt. Aber sie hatte nie ausprobiert, was die PS unter der Motorhaube bewirken konnten. Als sie das College abgeschlossen hatte, war sie auf einen Lexus SUV umgestiegen. Der war nicht gerade fürs Rasen ausgelegt gewesen. Nach diesem hatte sie nacheinander zwei weitere Autos gekauft, aber immer ein praktisches Fahrzeug mit viel Laderaum.

Obwohl ihr Bruder Kyle sie damals, als er sich das Handgelenk gebrochen hatte, mit seinem Aston Martin hatte fahren lassen, hatte sie es besser gewusst, als die Grenzen des Wagens auszureizen. Normalerweise sehnte sie sich nicht so sehr nach Geschwindigkeit wie ihr Bruder, aber heute hatte sich das Dröhnen des Porsche-Motors und die fast schon cockpitartige

Gestaltung des Innenraums als unwiderstehlich für ihren eingeschlafenen Bleifuß erwiesen. „Dieses Baby liegt wirklich gut auf der Straße."

„Dem Himmel sei Dank!" Jared zwinkerte ihr zu. Jetzt, da er sich nicht mehr am Armaturenbrett festkrallte, schien er sich tatsächlich mit ihren Fahrkünsten wohlzufühlen.

Zumindest dachte sie, dass das Zwinkern daher rührte. „Ich kann verstehen, warum mein Bruder seine Hochleistungsautos liebt."

„Ein gut abgestimmtes Auto ist wie das Musikinstrument eines Meisterspielers. Es muss in vollen Zügen gespielt und gleichzeitig gepflegt werden."

Sie erreichte das Ende des Baron-Landes und nahm die Kurve auf der anderen Seite des Torbogens etwas schneller, als sie es vielleicht hätte tun sollen, aber es gefiel ihr einfach, wie gut sich das Auto fuhr. Auf der Hauptstraße, die in die Stadt führte, hob sie den Fuß ein wenig vom Gaspedal und merkte, wie sich die Anspannung in Jareds Körper löste. „Tut mir leid, das hätte ich wohl nicht tun sollen."

„Was? Wie Nico Rosberg zu fahren oder meine Lebenserwartung um fünf Jahre zu verkürzen?" Die Worte waren hart, aber sein Tonfall war spielerisch, und das Lächeln auf seinem Gesicht verriet ihr, dass er nicht sauer auf sie war. Wenn sie das Funkeln in seinen Augen richtig deutete, genoss er es sogar, dass sie so fuhr.

Sie presste die Lippen fest aufeinander und unterdrückte ein Lachen. „Beides vielleicht."

Die Baustelle für die neue Siedlung befand sich gleich hinter dem Highway am südlichen Stadtrand. Es dauerte nur wenige Minuten, bis sie die Einfahrt erreicht hatten und den Schildern zu den Häusern von *Housing for Heroes* folgten. Im Moment befanden sich drei Veteranenwohnungen im Bau. Bei einem war gerade das Fundament gegossen worden. Bei dem anderen stand der Rohbau, der bereit zum Verkleiden war. Das dritte befand sich in der Endphase der letzten Verkleidungsarbeiten. Sie glaubte, dass der Fototermin im dritten Haus stattfinden würden und die Arbeit des heutigen Tages im zweiten.

Jared hatte kein Wort gesagt, seit sie durch das Tor gefahren waren, aber als sie an dem Haus mit dem großen Banner für ihre Wohltätigkeitsorganisation vorbeifuhr, bemerkte sie ein leichtes Nicken. „Danke, dass ich mitkommen durfte."

Sie lenkte den Wagen in die Einfahrt des fast fertigen Hauses, legte den ersten Gang ein, schaltete den Motor aus, schnallte sich ab und drehte sich zu ihm. „Sind Sie bereit, sich so richtig dreckig zu machen?"

Seine Augen blitzten für den Bruchteil einer Sekunde auf, und ihr wurde klar, wie leicht ihre Wortwahl anders hätte interpretiert werden können, als sie es beabsichtigt hatte. Aber da sein Ausdruck sofort wieder ernst wurde und er lässig nickte, als er aus dem Auto stieg und die Motorhaube umrundete, um ihr die Tür zu öffnen, wusste sie, dass er nicht die Absicht hatte, sie wegen dieses Fauxpas' zur Rede zu stellen. „Ich folge Ihrem Beispiel. Sagen Sie mir Bescheid, wenn ich gebraucht werde."

Das wusste sie zu schätzen. „Klingt gut."

Dreißig Minuten später wurde sie fotografiert, wie sie einen Schutzhelm und einen Werkzeuggürtel trug, wie sie einen Nagel einschlug, wie sie einen Vierkantholzständer trug und wie sie ein Stück einer Grundplatte zersägte. Als der öffentlichkeitswirksame Teil ihres Tages vorbei war, erwartete sie, Jared auf einem umgestürzten Farbeimer sitzend vorzufinden. Stattdessen musste sie sich auf die Suche nach ihm machen. Als sie ihn auf einer Leiter beim Aufhängen eines Deckenventilators entdeckte, fragte sie sich, was aus dem Mann geworden war, der lieber nur Schecks ausstellte.

Als er fertig war, schaute er über die Schulter und hätte fast bemerkt, wie sie ihn anstarrte. „Da sind Sie ja! Sind Sie fertig mit dem Promo-Teil?"

„Das bin ich." Sie nickte. „Sieht aus, als mussten Sie ohne mich anfangen zu arbeiten."

„Ich habe gesehen, dass meine Hilfe benötigt wird, und bin eingesprungen. In allen drei Schlafzimmern hängen die Ventilatoren, natürlich auch in diesem Zimmer hier, und jetzt schraube ich noch ein paar Glühbirnen in die Deckenlampen in der Küche."

„Klingt ganz einfach." Sie hielt inne und sah sich nach dem Koordinator für die Freiwilligen um. „Haben Annabelle oder George Ihnen eine Liste gegeben?"

Er zuckte mit den Schultern, als seine Stiefelsohle den Boden berührte. „Das kommt darauf an, ob der Vorarbeiter im anderen Raum George ist oder nicht."

Wie aufs Stichwort kam ein Mann heraus, den sie nicht kannte, und blieb kurz stehen, wobei sein Blick von Jared zu ihr wechselte. „Kann ich Ihnen helfen?"

Eve trat vor und streckte eine Hand aus. „Eve Baron. Ich bin mit den Freiwilligen hier."

„Natürlich." Der große Mann lächelte, schüttelte ihre Hand und nickte. „Nate Tailor. Sie arbeiten an dem Haus nebenan."

Das überraschte sie, und der Art und Weise nach zu urteilen, wie Jareds Brauen über seinen großen, runden Augen in die Höhe zogen, hatte er diese Reaktion wohl auch nicht erwartet. Wenn die Freiwilligen nebenan waren, warum hing Jared dann Deckenventilatoren in diesem Haus auf?

Ein anderer Kerl in Jeans und mit einem klappernden Werkzeuggürtel stapfte durch die Tür und ließ eine vermutlich sehr schwere Werkzeugtasche auf den

Boden zu seinen Füßen fallen. „Ich hätte im Bett bleiben sollen! Ich steckte in einem Stau auf der I-45 fest. Ein Traktoranhänger ist umgekippt."

Nate sah ihn stirnrunzelnd an und blickte dann zu Jared. „Wer sind Sie?"

„Ich gehöre zu ihr." Jared deutete mit dem Daumen in Eves Richtung.

Nate verzog kurz den Mund und seufzte. „Sie sind also nicht der neue Elektriker?"

Der Typ, der ins Haus gestapft war, drehte sich zu Jared um. „Mann, ich hätte wirklich im Bett bleiben sollen!"

Jared hob beide Hände, die Handflächen nach außen, und schüttelte den Kopf. „Ich bin nur ein weiterer Freiwilliger. Einer, der jetzt nach nebenan gehen wird." Er umfasste Eves Arm und führte sie schnell zur Tür hinaus.

Die Erziehung, die ihre Familie ihr im Laufe der Jahrzehnte eingeimpft hatte, erlaubte es ihr nicht zu gehen, ohne etwas zu sagen. Als sie hinter Jared her schlurfte, schaute sie über ihre Schulter und lächelte den Vorarbeiter an. „Es war schön, Sie kennenzulernen, Nate."

Er nickte dankbar und wandte sich dann dem Elektriker zu.

Als sie aus der Haustür trat und sich ein Grinsen verkneifen musste, blickte sie Jared an. „Ich kann nicht glauben, dass Sie im falschen Haus waren und er Sie hat arbeiten lassen."

Jared lachte leise und räusperte sich. „Ich gebe zu, ich war etwas überrascht, als er mir die Ventilatoren überreichte, ohne zu fragen, ob ich weiß, wie man sie installiert."

„Aber Sie haben es getan?"

Immer noch grinsend nickte Jared. „Drei. Jeder kann einen Deckenventilator aufhängen. Also habe ich es getan."

Auf halbem Weg hörten sie, wie Nate lautstark die Anweisung gab, die Ventilatorinstallation zu überprüfen, und noch ein paar weitere Worte ausstieß, die sie nicht wiederholen wollte. Wie in einer Choreografie drehten sie beide sich um und sahen über ihre Schultern hinweg den Elektriker, der entgeistert auf den Ventilator im Wohnzimmer starrte. Die beiden überschlugen sich fast vor Lachen und rannten praktisch den Rest des Wegs zum richtigen Haus.

Völlig außer Atem und immer noch lachend wurden sie an der Haustür des richtigen Hauses von einem mürrischen älteren Mann begrüßt. „Was, wenn ich fragen darf, ist so lustig?"

„Eigentlich nichts." Jared bemühte sich um einen ernsten Ausdruck.

„Überhaupt nichts", bestätigte Eve und biss sich praktisch auf die Wangen, um nicht zu lachen.

Jared hatte keine Ahnung, warum er das ganze Malheur im anderen Haus so lustig fand, aber er tat es, und Eve offenbar auch. Ein Grund mehr, sie zu mögen.

„Da sind Sie ja!", rief eine viel zu fröhliche Frau hinter Mr. Mürrisch und eilte auf die beiden zu. „Wir haben heute nur wenige Leute und könnten Ihre zusätzliche Hilfe gebrauchen."

Die Symphonie aus schlagenden Hämmern, kreischenden Sägen und ratternden Bohrern klang für ihn so, als wären sehr wohl viele Leute da.

Eve trat einen Schritt vor. „Wo sollen wir denn anfangen?"

Die Frau ließ sich das nicht zweimal fragen. Sie deutete ins Haus und drehte sich um. „Im Hauptschlaf-zimmer stehen Farbdosen. Wer gut mit Leitern umgehen kann, kann die Verkleidung streichen, und wer gut mit der Rolle umgehen kann, die Wände. Wenn Sie etwas brauchen, rufen Sie mich, dann komme ich gleich zu Ihnen." Sie blieb am Ende des Flurs stehen, deutete auf diesen, drehte sich wieder um und marschierte davon.

„Dann malern wir also." Jared folgte Eve in den Flur. „Wollen Sie auf die Leiter steigen oder die Rolle benutzen?"

„Ich streiche die Verkleidungen." An der Schlafzimmertür blieb sie kurz stehen. „Gleich nachdem ich das Zimmer abgeklebt habe."

Das war kein kompliziert gebautes Haus, sondern eines von der Stange, und selbst Jared wusste, dass Bauherren schon vor Jahren dazu übergegangen waren, Wände und Decken in derselben Farbe zu streichen, um Zeit und Geld zu sparen. Eine hellere Deckenfarbe würde einen guten ersten Eindruck bei den künftigen Bewohnern hinterlassen. Aber es würde auch mehr Zeit in Anspruch nehmen. „Ich werde die Decke abkleben, Sie machen die Fußleiste."

Sie schüttelte den Kopf. „Sie können die Farbdosen öffnen und die Böden mit den Plastikplanen da drüben abdecken. Ich fange an, zu kleben. Es wird nicht lange dauern." Ohne auf eine Antwort zu warten, sah sie sich im Raum um. „Sobald ich das Klebeband und eine Leiter gefunden habe."

Innerhalb weniger Sekunden hatte er ein wenig mehr über die Enkelin der Barons erfahren. Er fragte sich, ob diese unabhängige Ader bei dieser Familie genetisch bedingt war oder ob sie mit vier Brüdern hatte konkurrieren müssen. Wenn er wetten müsste, würde er sagen, dass sie gelernt hatte, diese vier Brüder so herumzukommandieren, wie sie gerade die Verantwortung für ihren Auftrag übernommen hatte. Allerdings sollte er nicht vergessen, dass ihr Großvater ein General des Marine Corps war. Das Kommando zu übernehmen und Befehle zu erteilen, hatte sie vielleicht auf dem sprichwörtlichen Schoß des Gouverneurs gelernt.

Eve hob eine Tüte auf, die in der Ecke neben den Farbdosen gestanden hatte. „Ich habe das Klebeband gefunden."

„Gut. Ich habe in einem der Räume am Ende des Flurs ein paar Leitern gesehen. Ich schaue mal nach, ob wir eine benutzen können."

Der ernste Ausdruck auf ihrem Gesicht verschwand, und ein Lächeln breitete sich darauf aus. „Dann fange ich an, die Fußleisten abzukleben."

Mit einer knapp zwei Meter hohen Leiter in der Hand kehrte er in den Raum zurück und musste feststellen, dass Eve die Hälfte bereits abgeklebt hatte und mit der anderen rasch vorankam. Die Frau war also unabhängig, ein wenig herrisch und ziemlich kompetent. Letzteres hätte ihn nicht überraschen dürfen. Der Respekt neulich bei der Gala wäre ihr nie zuteilgeworden, wenn sie nicht auch etwas geleistet hätte. Zwar mochten inkompetente Menschen den einen oder anderen täuschen, aber nicht alle. Ja, Eve Baron war in vielerlei Hinsicht ganz schön beeindruckend.

„Erledigt." Sie richtete sich wieder auf und ließ die Rolle Klebeband an ihrem Handgelenk baumeln.

„Wo soll die Leiter hin?"

„Hier wäre gut." Er stellte sie auf und schaute, ohne sie loszulassen, über seine Schulter zu Eve. „Sind Sie sicher, dass Sie nicht *mich* die Arbeit auf der Leiter machen lassen wollen?"

„Absolut sicher." Sie grinste breit und deutete dann mit dem Daumen nach links, damit er sich davonmachen sollte.

Er hätte wissen müssen, dass der Anflug von

texanischer Galanterie in Form des Angebots, ihr die Arbeit auf der Leiter abzunehmen, nicht gut ankommen würde. Es hätte ihn auch nicht überrascht, wenn sie ihn als Reaktion auf sein Angebot in den Schwitzkasten genommen hätte. Nein. Er musste die Stimme seiner Mutter, die ihn in seinem Kopf aufforderte, „der Dame zu helfen", einfach ignorieren.

Wie erwartet, dauerte es nicht lange, bis sie einen gleichmäßigen Rhythmus gefunden hatten. Er strich eine Wand, und sie bearbeitete die gegenüberliegende. Ja, sie hatte gesagt, dass ihre Familie allen Kindern beigebracht hatte, anderen Menschen mittels diverser Wohltätigkeitsorganisationen zu helfen. Und sie hatte die Arbeit an Projekthäusern für Veteranen hervorgehoben, aber jetzt konnte er sehen, dass das nicht nur Schein gewesen war. Jeder professionelle Malermeister wäre froh, sie in seinem Team zu haben.

Als er zwei der vier Wände gestrichen hatte und die Rolle in den großen Eimer tauchte, bemerkte er eine Bewegung in seiner Peripherie. Eve drückte eine Hand gegen die noch nicht gestrichene Wand und beugte sich viel zu weit zur Seite.

„Vorsicht!" Er bereitete sich darauf vor, sie aufzufangen, falls die Leiter umkippen sollte. „Wenn Sie herunterfallen, lässt man Sie nicht zurückkommen." Er lehnte den Rollengriff an die Wand. „Lassen Sie mich das für Sie erledigen." Stahlgraue Augen durchbohrten ihn wie Dolche. *Oder vielleicht auch nicht.* „Bitte seien Sie einfach vorsichtig."

Ihr strahlendes Lächeln war wieder da, und er konnte nicht anders, als es zu erwidern. Ihr Timing war perfekt. Die letzte Wand war zur Hälfte fertig, und sie hatte die obere Verkleidung fertiggestellt.

„Alles erledigt." Sie stellte den Pinsel in den Farbeimer, den sie benutzt hatte, und kletterte mit einer Hand auf der Leiter nach unten. Aber auf halber

Strecke rutschte ihr Fuß von der Sprosse ab, und sie und die Leiter wackelten.

Farbe hin oder her, Jared ließ die Rolle fallen und sprang nach vorn, gerade rechtzeitig, um sie in seinen Armen aufzufangen, als die Leiter auf den Boden kippte. „Geht es Ihnen gut?"

An seine Brust geschmiegt, schaute Eve zu ihm hoch. „Ich glaube, ich habe eine Sprosse übersehen."

„Meinen Sie?", erwiderte er neckend.

„Und ich habe vielleicht ein bisschen Farbe verschüttet."

Er blickte auf die Spritzer auf dem Betonboden. Es hätte schlimmer sein können, wenn sie einen vollen Eimer getragen hätte. „Ein bisschen."

„Ich glaube, es ist gut, dass die Böden zuletzt eingebaut werden."

„Das glaube ich auch", erwiderte er lächelnd und konnte den Blick nicht von den liebevollen Augen abwenden, die ihn anschauten.

„Ist hier alles in Ordnung?" Die Koordinatorin steckte den Kopf hinein.

Jared hielt Eve immer noch in seinen Armen und drehte sich zu der Frau um.

„In bester Ordnung", murmelten beide gleichzeitig und brachen erneut in Gelächter aus. Offensichtlich fanden sie das Renovieren von Häusern sehr amüsant. Oder vielleicht war es die Gesellschaft des jeweils anderen.

Die Dame nickte, lächelte und ging davon. Offenbar war es für sie nichts Neues oder Überraschendes, dass lachende Freiwillige andere Freiwillige trugen. Aber das Interessanteste an der ganzen Sache war, dass es ihm wirklich gut ging. So gut wie seit Langem nicht mehr.

KAPITEL SECHS

„Ja." Eve wusste, dass sie nicht zustimmen sollte, etwas Neues in ihren Kalender einzutragen. In den vergangenen Monaten hatte die Arbeit sie immer länger im Labor gehalten, und ihre Wohltätigkeitsarbeit hatte die wenige Zeit in Anspruch genommen, die ihr noch geblieben war. Sie hatte auf keinen Fall die Zeit, auch nur ein einziges Mal mehr ehrenamtlich oder anderweitig tätig zu sein. Und doch sagte sie jetzt Ja. Schon wieder. „Es ist mir ein Vergnügen, Mrs. Kessler."

Eve ließ ihr Handy in die Tasche gleiten und überlegte, ob es nicht vielleicht sinnvoller wäre, das verdammte Ding mit ausgeschaltetem Klingelton unter ein Sofakissen zu werfen.

Ihr Großvater blickte vom Kopfende des großen Esstisches der Familie auf. „Schlechte Nachrichten?"

Sie schüttelte den Kopf. „Nein. Ich helfe nur beim Einräumen und Sortieren der Rucksäcke für den Schulanfang."

Der Gouverneur lächelte. „Wenn man dort mehr Hilfe braucht, bin ich mir sicher, dass deine Großmutter eine solche Aufgabe gerne übernehmen würde."

„Zu spät. Grandma steht schon auf der Liste der Freiwilligen." Wenigstens hatte ihr Großvater recht. Bei allem, was Kindern zugutekam – ob es nun darum ging, einen Scheck zu unterschreiben oder sich die Hände schmutzig zu machen –, war ihre Großmutter immer mit an Bord. Das war nur eine der vielen Eigenschaften ihrer Grandma, die Eve ein Lächeln ins Gesicht zauberte.

„Du scheinst dich zu übernehmen." Ihr Cousin Devlin blickte vom Tisch auf und wackelte mit den Augenbrauen. „Spät ins Bett. Früh am Morgen aufstehen."

„Und woher willst du das wissen?" Eve gefiel es, dass die Familienmitglieder sich umeinander sorgten, aber es ärgerte sie, dass jeder seine Nase scheinbar in ihre Angelegenheiten steckte.

Dev deutete mit einer Gabel in Chases Richtung.

„Hey!", rief dieser und starrte seinen Cousin an. „Ich kann mir auch ganz allein Ärger mit meiner Schwester einhandeln, dazu brauche ich dich nicht."

Dev warf die Hände in die Luft, schüttelte den Kopf und lächelte. „Das hast du gesagt, nicht ich."

„In Ordnung, Kinder." Eve hatte im Moment zu viel um die Ohren – unter anderem einen sehr großen, gut aussehenden und interessanten Rancher –, um sich mit streitenden Verwandten zu beschäftigen. „Ihr könnt das nach dem Mittagessen ausfechten."

„Ja." Eves Halbschwester Paige deutete auf ihren Bruder und ihren Cousin. „Ich will mehr über dich und den umwerfenden Nachbarn hören."

Paige war ein paar Jahre jünger als Eve, und da sie den Geschäftssinn der Barons geerbt hatte, hatte sie das Familienweingut von einem maroden Unternehmen in ein preisgekröntes Weingut verwandelt. Aber an manchen Tagen meldete sich der Teenager in ihr. Unter normalen Umständen, wenn Paige einen ihrer Brüder verhörte, machte Eve das nicht so viel aus. Aber sie mochte es nicht, wenn ihr – momentan zugegebenermaßen nicht existentes – Liebesleben im Mittelpunkt der Aufmerksamkeit stand. Sie wollte Paige gerade darauf hinweisen, dass es nichts zu sagen gab, als ihr auffiel, dass das Wort *umwerfend* in den Mund genommen worden war. „Du hast Jared kennengelernt?"

„Ich weiß nicht, ob *kennengelernt* das richtige Wort ist, aber ich habe ihn das eine oder andere Mal mit dem Gouverneur plaudern sehen. Ich kann dir sagen, der Mann weiß, wie man eine Jeans trägt."

Das tat er, aber Eve hatte nicht vor, mit ihrer jüngeren Schwester darüber zu diskutieren. „Das kann ich nicht beurteilen."

Sie und Paige waren die einzigen beiden Frauen am Tisch, und in diesem Moment lauschten die Männer interessiert. Nicht einmal die Welpen, die von Mensch zu Mensch tapsten und hofften, Essensreste zu erhaschen, konnten die Aufmerksamkeit der Männer auf sich ziehen. Nicht, dass sie sich dafür interessierten, wie Jared in seinen abgetragenen Bluejeans aussah, aber Eve wusste, dass sie jede Reaktion von ihr ablesen konnten. Seit sie alt genug gewesen war, um ihre Zahnspange abzulegen, wachten ihre Brüder und Cousins mit Argusaugen über sie. Vor allem, wenn ein Mitglied des anderen Geschlechts involviert war, das auch noch zahlreiche Zechgelage mit Kyle hinter sich hatte.

Vor allem Craig hatte die linke Augenbraue höher gezogen als die rechte. Er glaubte ihr kein Wort, und sie wusste es. Neulich hatte er sich noch einen Spaß daraus gemacht, sie zu necken, aber jetzt schien er das Ganze anders zu sehen. Vielleicht lag es daran, dass er jahrelang Shows und Filme produziert hatte, aber der Kerl hatte einen Spürsinn wie kein anderer in dieser Familie. „Also, wann siehst du Jared wieder?"

„Tue ich nicht."

Die Augenbraue schoss unvorstellbar hoch. „Was du nicht sagst?"

Paiges Augen funkelten interessiert. „Es geht also

doch etwas vor sich?" Ihre Schultern zuckten in einem Moment begeisterter Freude. „Das schreit nach einem Mädelsabend. Ich will alles hören. Es war zu ruhig an der romantischen Front."

„Es gibt keine romantische Front." Eve bemühte sich, ein entspanntes Lächeln aufzusetzen, obwohl sie sich wie eine Zeugin vor Gericht fühlte, die gleich von dem gegnerischen Anwalt unter Beschuss genommen werden würde. „Er hat einfach nur seine Zeit für eine gute Sache zur Verfügung gestellt, so wie wir alle es tun. Oft."

„Warte!" Mitch war gestern nicht beim Frühstück gewesen. „Du meinst, da ist noch mehr als euer kleines Tänzchen bei der vergangenen Gala?"

An manchen Tagen hatte er eine wirklich große Klappe.

„Siehst du?", erwiderte Paige etwas zu enthusiastisch. „Endlich hat die Trockenzeit ein Ende."

„Trockenzeit?" Mitch sah Eve an und dann die anderen Anwesenden. „Was habe ich verpasst?"

„Dass deine Schwester viel zu viel arbeitet und keine Zeit für Verabredungen hat. Das hat keiner von uns." Diese Sätze von Paige passten etwas besser zu der Geschäftsführerin einer profitablen texanischen Weinkellerei. Die nervige Teenager-Schwester war verschwunden, und die erwachsene Löwin, die ihr Rudel verteidigte, war an ihre Stelle getreten. „Wenn sie endlich einen Typen gefunden hat, mit dem sie rummachen kann, ist das doch schön für sie."

Alle Männer verdrehten die Augen, und Mitch klappte die Kinnlade herunter.

„Okay." Eve hob die Hände. „Keiner macht mit irgendjemandem rum. Es ist nur ein Fall von zwei Nachbarn, die gemeinsam etwas Gutes tun. Das war's. Und jetzt esst weiter!" Sie nahm ihre Gabel und bohrte sie in den Blaubeerkuchen, wobei sie ihre Geschwister absichtlich nicht ansah. Sie wollte nicht wissen, wie sie sie anstarrten.

„Ich weiß nicht so recht." Craig schaute zu dem großen Glasfenster, von dem aus man die Einfahrt sehen konnte. „Ich glaube, es ist das erste Mal in der Geschichte, dass unser lieber Nachbar zwei Tage hintereinander vor unserer Tür steht."

„Was?" Eve drehte den Kopf, und tatsächlich, Jared sprang gerade aus einem Jeep und lief die Treppe hinauf. *O Mann!*

Seit sie die *Heroes*-Baustelle verlassen hatten, verfolgte ihn der Gedanke, dass viele der Kinder der Veteranen ebenfalls sehr leiden mussten. Während seiner morgendlichen Arbeit waren vor seinem geistigen Auge immer wieder Gesichter von einsamen Kindern aufgetaucht. Als er zu seiner Lieblingsweide geritten war, hatte er zum ersten Mal seit Jahren wieder daran gedacht, wie schmerzhaft es für ihn als kleinen Junge gewesen war, seine Großeltern zu verlieren. Die beiden hatten die Gold-Ranch über alles geliebt und diese Liebe mit Jared geteilt. Er konnte nicht älter als drei gewesen sein, als sein Großvater ihn auf sein erstes Pferd gesetzt hatte. Für ein Pferd war Saffron klein gewesen, für Jared aber riesengroß.

Als seine Eltern ihn an jenem trüben Morgen ins Wohnzimmer gesetzt hatten, um ihm zu erklären, dass seine Grandma und sein Grandpa bei einem Unfall auf dem Highway ums Leben gekommen waren, hatte er nicht wirklich verstanden, was *tot sein* bedeutete. Als ihm schließlich bewusst geworden war, dass sie wirklich weg waren, hatte er erfahren, wie sehr ein Herz schmerzen konnte. An diesem Morgen, als er auf die grüne, scheinbar endlos weite Landschaft geblickt hatte, hatte er an Randy gedacht, der sozusagen die Zügel von seinem Grandpa übernommen hatte. Die Arbeit an dessen Seite erfüllte ihn seither mit Frieden und Trost. Jared hätte seine immense Trauer ohne die Ranch, die Pferde und Randy niemals überwinden können.

Jetzt konnte er nur noch daran denken, dass für einige dieser Kinder, deren Väter mit posttraumatischen Belastungsstörungen und anderen Nachkriegsproblemen zu kämpfen hatten, der Schmerz genauso tief und verwirrend sein musste wie damals für Jared. Den ganzen Morgen über war diese verrückte Idee in seinem Kopf herumgespukt. Hin- und hergerissen zwischen der Ansicht, es handle sich um eine fabelhafte Idee oder schieren Wahnsinn, hatte er sich schließlich die Autoschlüssel aus der Schale auf dem Eingangstischchen geschnappt. Obwohl er sich vorgenommen hatte, Eve nicht zu stören, war er nun hier. Seine inneren Selbstgespräche hatten ihn nicht davon abgehalten, auf die Hauptstraße abzubiegen und zum Torbogen der Barons und damit zu einer der größten Ranches in Südtexas zu fahren.

Auf der Auffahrt hatte sich sein gesunder Menschenverstand gemeldet und zu bedenken gegeben, dass ein Anruf das Richtige gewesen wäre. Allerdings hatte besagter gesunder Menschenverstand gegen den unbedingten Wunsch, sie wiederzusehen, nicht siegen können. Er wollte ihr seine Idee mitteilen, sie nach ihrer Meinung fragen. Vielleicht sogar um ihre Hilfe bitten. Er wusste nicht recht, was er davon halten sollte. Es war nicht das erste Mal, dass er in eine attraktive Frau vernarrt war. Aber es war mit Sicherheit das erste Mal, dass ein harter Arbeitsmorgen die Frau nicht aus seinen Gedanken hatte vertreiben können. Er war ganz sicher, wie seine Mutter sagen würde, verliebt.

Als er anklopfen wollte, schwang die „massive Eingangstür langsam auf. Er hatte erwartet, einen der Hausangestellten zu sehen, und war überrascht, den Gouverneur selbst an der Tür vorzufinden. „Guten Tag, Sir."

Zu seiner Erleichterung lächelte der Mann aufrichtig. „Hallo. Haben Sie schon gegessen?" Der Gouverneur trat zur Seite und winkte ihn herein.

„Ja, Sir." Jared drehte den Hut in seiner Hand. „Ich hatte gehofft, Eve anzutreffen."

„Ja, natürlich. Der Speisesaal der Barons ist der wahrscheinlichste Ort, an dem man meine Truppen an einem Sonntag antrifft."

Der alte Mann hatte mit *Speisesaal* tatsächlich den passenden Ausdruck gewählt. Das Anwesen der Barons war vermutlich eines der wenigen Häuser in Texas, das noch über ein formelles Esszimmer mit einer Tafel verfügte, die so lang war, dass sie im Buckingham Palace stehen konnte.

„Eve, da ist jemand für dich."

„Hallo." Jared hatte sich nach unten gebeugt und einen der Welpen, der um seine Füße gesprungen war, gestreichelt. Er richtete sich beim Klang von Eves Stimme wieder auf. „Ich hatte gehofft, Sie hätten vielleicht eine Stunde Zeit. Ich habe über eine Geschäftsidee nachgedacht und würde sie gerne mit Ihnen besprechen."

Eve machte große Augen. „Mit mir?"

Er nickte. „Es geht um *Housing for Heroes*."

„Oh! Kein Problem, wir können in das Büro des Gouverneurs gehen."

„Eigentlich wäre es besser, wenn Sie mit mir kommen. Ich muss Ihnen etwas zeigen."

„Ich verstehe." Sie sah ihn besorgt an. „Geht es Ihnen gut?"

Er hob die Schultern und lächelte. „Haben Sie eine Jeans?"

„Eine Jeans?“ Überrascht hob sie die Augenbrauen. „Ja.“

Das lief nicht so, wie er es geplant hatte. Nicht, dass er es wirklich geplant hätte. Er war einfach in sein Auto gesprungen und seinem Herzen gefolgt. *Herzen?*

„Jared?“ Eve kniff die Augen zusammen.

Er musste die Stirn runzeln, als er seinen eigenen Gedanken lauschte. So hatte er sich den Verlauf der Dinge ganz sicher nicht vorgestellt. Zum einen hatte er nicht mit einer Audienz des halben Baron-Clans gerechnet. Schon gar nicht unter der Aufsicht des Gouverneurs selbst. „Wenn es Ihnen nichts ausmacht, sich umzuziehen, werde ich warten.“

Sie nickte. „In zehn Minuten bin ich bei Ihnen.“

Als sie die Treppe hinauflief, rief er ihr nach: „Nehmen Sie auch einen Hut mit!“

Sie sah ihn über ihre Schulter hinweg an, und ihr Stirnrunzeln war wieder da. „Alles klar.“

„Setzen Sie sich doch, während Sie warten.“ Der Gouverneur deutete auf einen leeren Stuhl. Wie brave kleine Soldaten folgten die Welpen ihm.

„Danke.“ Jared setzte sich und studierte die Gesichter der Männer, die wiederum ihn betrachteten.

Chase ergriff als Erster das Wort. „Ich habe gehört, dass ihr vergangenes Jahr euer Regensystem aufgerüstet habt.“

„Das stimmt.“ Jared nickte und war dankbar, dass er nicht über Eve gesprochen hatte. „Und das in letzter Minute. Wir haben eine ganze Menge aufgefangenes Wasser, um die Tränken zu füllen. Die Kosten waren hoch, aber ohne die Regenwasserauffanganlage würden wir das Vieh jetzt schon vorzeitig verkaufen.“

„Wir haben darüber nachgedacht, das hier ebenfalls zu tun.“ Mitch, der Senator, war der Einzige, der ihn nicht ansah, als wäre er ein Fuchs im Hühnerstall. „Wenn es nicht bald regnet, werden wir einen großen

Teil der Herde verkaufen müssen."

„Wenn es euch hilft, kann ich vielleicht einen der Traktoren entbehren."

Mitch lächelte. „Danke. Ich sage dir Bescheid, wenn es so weit ist."

Jared wusste, dass die Barons seit Jahrzehnten ein Regenwasserauffangsystem benutzten, um die Teiche auf dem Grundstück zu füllen. Aber es war nicht ganz so effizient wie das neue System, das er vergangenes Jahr installiert hatte. „Jederzeit."

Er hörte das Geräusch von Stiefelabsätzen auf den Holzstufen, drehte sich um und sah, wie Eve von der letzten Stufe sprang und lächelnd am Fuß der Treppe stehen blieb. „Fertig."

Jared richtete sich auf und nickte dem Gouverneur zu. „Bis bald, Sir."

Ein paar Köpfe nickten ihm zu, ein oder zwei Hände winkten. Eine der Enkeltöchter, an deren Namen er sich nicht erinnerte, lächelte ihn an. Ein nettes Lächeln. Er konnte die Familienähnlichkeit erkennen, aber es war nicht annähernd so strahlend wie das von Eve.

Sie führte ihn zur Tür hinaus und lief die Verandastufen hinunter. „Worum geht es hier eigentlich?"

Jared hielt ihr die Autotür auf. „Die gestrige Arbeit am Haus hat mich zum Nachdenken gebracht."

„So ist das eben mit Freiwilligenarbeit." Sie ließ den Gurt einrasten.

„Ja, mittlerweile verstehe ich das. Wie auch immer", er legte den ersten Gang ein und fuhr zu seiner Wohnung, „ich denke, es gibt mehr zu tun, als nur einen Scheck auszustellen."

„Das sehe ich auch so."

„Ich habe zwar keine Freizeit, aber ich möchte trotzdem helfen."

Sie sagte kein Wort, aber ihr Lächeln wurde etwas breiter.

„Offensichtlich gibt es viele Veteranen, die Hilfe bei der Beschaffung von bezahlbarem Wohnraum benötigen. Vor allem Wohnungen für besondere Bedürfnisse."

„Ich weiß. Deshalb riskiere ich es, dass eine verrückte reiche Person ein großes Parfüm nach etwas völlig Unpassendem benennt. Die Egos der Superreichen können zu riesigen Summen für Namensrechte führen."

„Das Gleiche gilt für Unternehmen. Wo sind die Zeiten, als ein Fußballstadion nach etwas benannt wurde, das für die Stadt von Bedeutung war, und nicht nach dem Meistbietenden?"

„Ich weiß, was Sie meinen. Das bringt mich dazu, Boston ein bisschen mehr zu mögen, als ich es als Texas-Fan sollte."

Das brachte ihn zum Lachen. Die Frau kannte sich also mit Unternehmen, ehrenamtlichen Tätigkeiten, Autos und jetzt auch noch mit Baseball aus. Niemand konnte so perfekt sein. Etwas musste mit ihr nicht stimmen.

„Erde an Jared ..."

„Oh, Entschuldigung. Ich war mit den Gedanken woanders."

„Das habe ich bemerkt." Zum Glück lächelte sie ihn immer noch an.

„Einer der Vorarbeiter auf der Baustelle erwähnte die hohe Zahl von Veteranen, die sich um eine Wohnung bewerben und denen sie nicht helfen können. Für viele ist der Umgang mit einer posttraumatischen Belastungsstörung die größte Herausforderung für ein normales Leben."

Eve nickte. „Es ist unglaublich, dass wir hübsche, glückliche junge Männer losschicken und so viele gebrochene Männer ohne Hoffnung auf Hilfe zurückholen."

„Wie ich bereits sagte, würde ich gerne helfen." Er fuhr auf sein eigenes Grundstück, aber anstatt die Hauptstraße zum Haus zu nehmen, bog er nach Osten auf den Feldweg ab, der zu den Ställen führte. „Und ich glaube, ich habe eine Idee. Aber ich möchte, dass Sie mir sagen, was Sie davon halten."

„Okay, dann schießen Sie mal los!"

Zwei Pferde, gesattelt und bereit, waren am hölzernen Zaun angebunden. Jared bremste den Wagen und stieg aus. „Sie reiten doch, oder?"

Ihr Blick wanderte von dem Pferd zu ihm. „Angenommen, Sie wollen dieses Gespräch zu Pferd fortsetzen, dann ist es ein bisschen spät für eine solche Frage, meinen Sie nicht?"

Ups. Da hatte sie recht.

Sie lachte ein süßes Lachen. „Schauen Sie nicht so entgeistert! Natürlich weiß ich, wie man reitet."

„Sugar wird Ihnen gefallen. Sie ist lieb und tut genau das, was man ihr sagt."

Eve kratzte den Kiefer des großen Tieres und murmelte etwas, das er nicht ganz verstehen konnte, aber das Ohr des Pferdes zuckte, sein Maul bewegte sich und es neigte den Kopf näher an Eve. Was immer sie Sugar gesagt hatte, es hatte das Pferd glücklich gemacht. Plötzlich wünschte er sich, sie würde ihn unter dem Kinn kraulen und ihm etwas Süßes ins Ohr flüstern. Wäre das nicht schön?

KAPITEL SIEBEN

Eve hatte keine Ahnung, worum es hier ging, aber ihr war jede Gelegenheit recht, Jared besser kennenzulernen. Auch wenn sie sich sicher war, dass die Hänseleien ihrer Brüder nur eskalieren würden, war sie sich auch sicher, dass er es wert war. Und er hatte recht, Sugar war ein wirklich einfach zu handhabendes Pferd. Sie waren schweigend von den Ställen weggeritten und hatten gerade die Ranchgebäude hinter sich gelassen, als sich die sanften Hügel des Anwesens vor ihnen ausbreiteten. „Also, was haben Sie vor?"

„Wir haben viel Land."

„Das stimmt. Texas ist ein großes Land."

„Und ich habe ein paar Pferde, die nicht immer im Einsatz sind."

Jetzt hatte er ihr Interesse geweckt.

„Manche sind unglaublich einfach, wie Sugar."

„Ich vermute mal, dass Sie auf etwas Bestimmtes hinauswollen." Sie ließ die Zügel mit einer Hand los und streichelte das liebe Pferd leicht.

„Ich würde gerne einen Weg finden, meine Ranch zu nutzen, um den Familien von traumatisierten Veteranen zu helfen. Ich weiß, dass die Reittherapie bei Behinderungen beliebt ist. Und ich weiß auch, dass einige der Kinder durch das, was ihren Familien widerfahren ist, unter Stress stehen. Diese Kinder sind zwar nicht selbst behindert und haben keinen Anspruch auf besondere Leistungen, aber ihre Welt ist trotzdem aus den Fugen geraten, und die Nachwirkungen können noch jahrelang anhalten."

Er hatte eine der größeren Lücken in der Veteranenbetreuung aufgedeckt, die ihr im Laufe der Jahre aufgefallen waren. Und ihr gefiel, worauf er hinauswollte.

„Es gibt viele Programme für Wanderritte mit Kindern. Meistens bestehen sie aus einem Spaziergang mit mehreren Pferden, Nase an Schwanz, mit wenig anderem auf dem Weg. Ein Novum für Stadtkinder, aber weit entfernt von der befreienden Erfahrung, die ein echter Ausritt darstellen kann."

Das konnte sie nur bestätigen. Als Kind hatten sie alle gelernt, ihre eigenen Pferde zu satteln und zu versorgen, und sie hatten es genossen, morgens aus dem Haus gescheucht zu werden und den ganzen Tag über das Land zu reiten. Sie waren die Hügel hinaufgeritten, über die Bäche, über die leeren Weiden, hatten zum Mittagessen für ein Picknick angehalten, und manchmal hatten sie die Pferde angebunden und waren im Teich geschwommen. Es hatte einen Heidenspaß gemacht, und sie alle hatten viel mehr gelernt, als nur verantwortungsvoll mit Pferden umzugehen. „Denken Sie an Ausritte für Kinder?"

Er lächelte sie an. „Ganz genau. Ich glaube, ein Vormittag oder Nachmittag wäre am besten. Ein ganzer Tag ist für Kinder, die noch nie auf einem Pferd gesessen haben, vielleicht ein bisschen zu viel. Wir müssten ihnen zuerst ein paar einfache Anweisungen für die Pferde geben. Die Grundlagen."

„Sie bräuchten auch viele Freiwillige. Man kann die Kinder nicht einfach auf eigene Faust losziehen lassen."

„Haftung und so weiter. Ich dachte mir, dass wir Hilfe benötigen, aber ich habe keine Ahnung, wie viele es sein sollten.“

An der Art, wie er in die Ferne starrte, konnte Eve erkennen, dass er in dieser kurzen Zeit viel über die Idee nachgedacht hatte, und sie wünschte, sie würde besser verstehen, was ihn dazu getrieben hatte. Die Idee klang sehr gut, allerdings auch nach hohen Kosten. „Es gibt einige Reittherapiezentren, mit denen ich reden kann. Vielleicht können sie mir gute Ratschläge geben. Und vielleicht auch einen guten Anwalt für so etwas nennen.“ Sie hatte Zeit und Geld für wohltätige Zwecke gespendet, aber sie hatte keine Ahnung von der rechtlichen Seite.

Sie waren über eine für texanische Verhältnisse hohe Anhöhe gekommen und blickten auf eine riesige Weide mit einem Teich, ein paar verstreuten Bäumen als Schattenspender für das Vieh und demselben Bach, der durch das Gebiet der Barons floss.

„Dort!“ Er deutete auf die Hütte der Vorreiter, die auf allen Ranches verstreut waren, damit die Arbeiter sie im Notfall benutzen konnten. „Ich dachte, wir könnten die in eine etwas komfortablere Raststätte umbauen. Toiletten. Eine Kochnische für heiße Schokolade im Winter und kühle Getränke im Sommer.“

„Sie könnten ab und zu eine Campingnacht veranstalten. Feuerstelle, schlafen unter den Sternen, aber mit fließendem Wasser für die Toilette.“

Er drehte den Kopf, um sie anzusehen, und ein breites Grinsen zog sich von einer Seite seines Gesichts zur anderen. „Das gefällt mir.“ Das gleiche sehnsuchtsvolle Funkeln von vorhin tauchte wieder auf.

„Das ist eine gute Idee. Fließendes Wasser macht es einfach ein bisschen schöner.“ Sie bewegte sich auf ihrem Sattel. „Darf ich fragen, wie Sie auf diese Idee gekommen sind?“

Sein Blick verweilte etwas länger in der Ferne, als

sie erwartet hatte, dann stützte er sich mit einer Hand schwer auf das Horn des Sattels und sah sie an. „Lange Rede, kurzer Sinn: Ich war zehn, als meine Großeltern starben. Nichts half so gut gegen den Schmerz wie das Land und die Pferde. Wenn das auch anderen während der Trauer hilft, dann bin ich voll dafür. Ich war mir nur nicht sicher, ob die Idee nicht zu ehrgeizig ist. Ich weiß, dass das Projekt ein riesiges Unterfangen mit Vorlaufkosten sein wird."

„Mit sehr hohen Vorlaufkosten." Es hatte keinen Sinn, nicht realistisch zu sein.

Sein Lächeln wurde nicht schwächer. „Ja. Sehr hohen. Und es wird Hindernisse geben. Aber je mehr ich darüber nachdenke, desto mehr bin ich überzeugt, dass es machbar ist. Und auch wenn ich nicht mit anpacken *und* die Ranch leiten kann, ist es besser, als nur einen Scheck auszustellen."

Egal, wie oft sie auf ihrem eigenen Land ausritt, egal, wie viele schöne Orte sie bereiste, nichts konnte ihr das Gefühl der Freude und der Heimat nehmen, das sie beim Anblick der texanischen Hügel erwärmte. Vor ein paar Stunden hatte sie noch gehofft, dass in Jared Gold mehr steckte als der feiernde Kumpel ihres jetsettenden Bruders. Jetzt war sie sich absolut sicher, dass in diesem Mann noch viel mehr steckte. „Ich möchte helfen."

Jared drehte den Kopf und sah sie an. „Wirklich?"

Sie spürte, wie ihre Wangen an ihren Lippen zerrten. „Schauen Sie nicht so überrascht drein! Das tue ich wirklich." Ein weiteres Almosen würde sie nicht umbringen. Zumindest glaubte sie das nicht. Dann wanderte ihr Blick zu Jared. Natürlich war es auch nicht schlecht, wenn ein attraktiver Mann die nächste Wohltätigkeitsveranstaltung leitete.

Sein Handy klingelte in seiner Tasche. Sie brauchte ein paar Augenblicke, aber schließlich erkannte sie den

Klingelton als *Friends in Low Places* und konnte sich ein Lachen nicht verkneifen.

Jared verdrehte die Augen und murmelte: „Ich mag Garth Brooks." Dann nahm er den Anruf entgegen. „Hallo?"

Sie konnte den Anrufer nicht hören, aber aus Jareds gerunzelter Stirn konnte sie schließen, dass er keine guten Nachrichten übermittelte.

Nichts bringt das Herz mehr zum Rasen, als wenn die eigene Mutter panisch in den Hörer schreit. „Mom, beruhige dich. Was ist passiert?"

„Mary! O mein Gott, ich glaube, sie atmet nicht mehr! Es ist niemand hier!"

„Mom! Tief durchatmen! Die Köchin ist in den Laden gegangen. Sie wird bald zu Hause sein. Was ist mit Mary passiert?"

„Ich weiß es nicht! Sie liegt einfach auf dem Boden. Hilf ihr! Ich glaube, sie ist die Treppe hinuntergefallen."

„Verdammt!" Er war zu weit vom Haus entfernt, um helfen zu können. „Hast du den Notarzt gerufen?"

„Wozu soll das gut sein? Wir sind hier nicht in Houston."

„Mom, leg auf und ruf sofort den Notarzt! Halte sie fest und bewege sie nicht! Ich bin unterwegs." Jared wollte das Pferd wenden und zurück zum Haus reiten, aber er musste erst einen Anruf tätigen.

Er blickte zu Eve, in deren Augen sich all die Sorgen widerspiegelten, die er empfand. „Mary ist gestürzt. Sie ist ohnmächtig."

Sie nickte nur und wendete das Pferd, ohne weitere Informationen zu benötigen. Er wollte ihr folgen, aber er musste noch einen Anruf tätigen.

Er blätterte durch seine Kontakte und fand die Nummer des Gouverneurs, löste die Zügel und trieb das Pferd in vollen Galopp.

„Hallo?"

„Gouverneur, hier ist Jared."

„Sie klingen außer Atem, Junge. Was ist denn los? Eve?"

„Nein, wir reiten zurück zu meinem Haus. Mary ist gestürzt. Sie liegt bewusstlos am Fuß der Treppe und Mom flippt aus."

„Keine Sorge. Ich werde Doc Rayburn anrufen. Er wird zu Ihnen fahren, und wir ebenfalls."

„Danke, Sir." Er machte sich nicht die Mühe, noch mehr zu sagen. Es bestand kein Bedarf an weiteren Informationen. Mit dem Wort *wir* war klar geworden, dass der Gouverneur alle zusammentrommeln würde. Da er die Familie gut kannte, erwartete er, auch Lila dort anzutreffen.

Er und Eve rasten zurück. Sugar war ein süßes Pferd, und Gott sei Dank war sie auch blitzschnell. Sein Pferd auch. Er war sich sogar ziemlich sicher, dass die beiden Tiere die Gelegenheit genossen, sich auszutoben. Er hoffte nur, dass seine Mutter keinen Herzinfarkt bekam, bevor die Kavallerie eintraf.

In der Regel kam ihm eine Heimreise immer kürzer vor als die Hinfahrt. Nach jeder Party, bei jeder langen Autofahrt – auch wenn die Entfernung und die Zeit gleich waren, fühlte es sich immer kürzer an, nach Hause zu fahren. Diesmal nicht. Der Ritt schien ewig zu dauern. Wenn er sich recht erinnerte, hatte er seit seiner Jugend kein Pferderennen mehr bestritten. Er und seine Freunde waren geritten, als hinge ihr Leben davon ab, und dann hatte sein Vater mit ihnen geschimpft, weil sie die Pferde überanstrengt hatten. Sie hatten jede Minute davon in vollen Zügen genossen. Jetzt wünschte er sich, dass sein Pferd tatsächlich fliegen könnte.

Als das Haus in Sichtweite war, sah er auch schon die zahlreichen Autos. Der Gouverneur war zweifellos mit Verstärkung gekommen. Bei diesem Anblick trieben er und Eve ihre Pferde ein wenig mehr an, als sie wahrscheinlich hätten tun sollen. Beide hielten nicht vor den Ställen an, sondern ritten direkt zur Hintertür. Eve stieg als Erste von ihrem Pferd. „Ich bringe sie zurück zu den Ställen. Sehen Sie nach, was da los ist! Wir sehen uns drinnen."

Er schüttelte den Kopf, sprang fast vom Pferd und wählte bereits die Kurzwahlnummer des Stalls. „Nicht nötig. Ich lasse sie von Randy abholen."

„Okay." Sie folgte ihm ins Haus und rannte fast so schnell wie er.

Bevor er die Küche erreicht hatte, hatte er Randy informiert und betete noch einmal, dass Mary nichts Ernstes hatte.

Doc Rayburn stand neben Mary auf einer Trage, und die Sanitäter waren gerade dabei, sie aus der Tür zu rollen. Jareds erster Gedanke war, dass es nicht allzu ernst sein konnte, wenn sie sie nicht mit dem Krankenwagen transportierten. Nur die Sauerstoffmaske ließ ihn innehalten. „Wie geht es ihr, Doktor?"

Der ältere Mann, der sich schon vor seiner Geburt um seine Familie gekümmert hatte, seufzte. „Wir werden im Krankenhaus einige Tests durchführen, aber sie ist immer noch bewusstlos."

„Das ist nicht gut, nicht wahr?" Jared brauchte keinen medizinischen Abschluss, um zu wissen, dass die Prognose umso ernster war, je länger man außer Gefecht war.

„Kommt drauf an." Der Arzt presste die Lippen fest aufeinander und legte eine Hand auf seinen Unterarm. „Ich habe deiner Mutter ein leichtes

Beruhigungsmittel gegeben. Sie ist ziemlich aufgewühlt. Sieh du nach ihr und ich gebe dir Bescheid, sobald wir mehr bezüglich Mary wissen."

Er nickte und eilte hinter der Bahre her, um Marys kalte Hand zu ergreifen. „Mach dir keine Sorgen um Jake. Ich kümmere mich um ihn, bis du zurückkommst. Aber du solltest dich beeilen und schnell wieder gesund werden. Ich will nicht mein eigenes Bett machen."

Der Arzt lachte, während die Sanitäter sie weiter zum Krankenwagen trugen. „Wenn sie dich gehört hat, wird sie sicher aufstehen." Er klopfte Jared auf die Schulter. „Ich werde mich selbst auf den Weg ins Krankenhaus machen. Ich sage dir Bescheid, wenn wir mehr wissen."

„Danke." Jared streckte eine Hand aus, um die des Arztes zu schütteln, und schaute dann zur Bahre. Wie erstarrt blieb er stehen und konzentrierte sich auf Marys blasses Gesicht. Der verzweifelte Ton in der Stimme seiner Mutter hatte ihn beunruhigt, aber als er ihre geliebte Haushälterin so zerbrechlich, blass und ausgekühlt sah, verstand er, woher ihre Angst gekommen war. Er konnte sich ihr Haus ohne Mary einfach nicht mehr vorstellen.

„Ihre Mutter ist mit meinen Großeltern im Wohn-zimmer." Die leichte Berührung an seinem Arm erinnerte ihn daran, dass er nicht allein war. „Sollen wir Sie allein lassen?"

„Nein!" Das Wort war schärfer herausgekommen, als er es beabsichtigt hatte. „Nein. Ich danke Ihnen. Ich glaube … Mom würde sich über Gesellschaft freuen."

Eve nickte langsam, aber ihr Gesichtsausdruck schien fast so verloren, wie er sich fühlte.

„Und das würde ich auch." Sie hatten nur ein paar Tage miteinander verbracht, aber wenn er in all den Jahren seines Junggesellendaseins eines gelernt hatte, dann, dass es ihm nichts brachte, sich hinter Angeberei zu verstecken.

Eve stellte sich auf die Zehenspitzen und küsste ihn auf die Wange. „Ich bleibe so lange, wie Sie mich brauchen." Sie tätschelte erneut seinen Arm, drehte sich um und ging ins Wohnzimmer, während er dem Drang widerstand, seine Hand zu heben und seine Wange zu berühren, wo ihre Lippen gewesen waren.

„Es geht ihr besser." Der Gouverneur setzte sich neben seine Frau.

Seine Mutter stand auf der anderen Seite von Lila Baron. „Sie sah so ruhig aus."

„Es wird alles gut werden. Doc Rayburn ist wunderbar." Lila tätschelte die Hand seiner Mutter. „Sie werden schon sehen."

Eve sah die drei Personen an, dann runzelte sie die Stirn und blickte nachdenklich drein. „Hat Mary nicht einen Enkel?"

„Oh!" Seine Mutter schnappte nach Luft. „Was werden wir dem kleinen Jake sagen?"

„Noch nichts." Jared ging zur Bar und schenkte seiner Mutter mehr Wasser ein. „Er ist noch bis Ende der Woche im Camp. Bis dahin wird Mary sicher wieder gesund sein." Zumindest hoffte er das. Mary war die Einzige, die der kleine Junge hatte.

Seine Mutter nickte. „Du hast recht. Gott sei Dank ist er noch im Sommercamp. Ich kann mir nicht vorstellen, wie verängstigt der arme kleine Junge gewesen wäre, wenn er seine Grandma so auf dem Boden gefunden hätte. Ich gebe Gott nicht die Schuld an Marys Sturz, aber du weißt, dass er alle beschützt."

Alle im Raum nickten zustimmend. Jared schaute auf seine Uhr und fragte sich, wie lange es dauern würde, bis er etwas Neues erfahren würde.

„Ich habe den Chefarzt des Krankenhauses angerufen. Sobald sie etwas wissen, werden wir es erfahren." Der Gouverneur schien seine Gedanken gelesen zu haben. „Wenn Sie hinfahren und nachsehen wollen, ob alles in Ordnung ist, bleiben wir hier bei Ihrer Mutter."

„Nein." Diese schüttelte den Kopf. „Ich bin ziemlich schläfrig. Die Tabletten, die mir der Arzt gegeben hat, müssen wohl wirken. Ich werde einfach nach Hause fahren, bevor ich einschlafe."

„Unsinn!" Lila tätschelte erneut ihre Hand. „Der Gouverneur und ich werden Sie nach Hause bringen. Erklären Sie Ihrem Mann, was passiert ist."

In der Sekunde, in der seine Mutter zustimmend nickte, wusste er, wie aufgewühlt sie war. Wie Lila war seine Mutter unter normalen Umständen eine Powerfrau. In diesem Moment wurde ihm zum ersten Mal bewusst, dass sie nicht jünger wurde. „Ich werde ins Krankenhaus fahren. Mal sehen, was ich herausfinden kann."

„Gut", murmelte seine Mutter matt.

Der Gouverneur kam auf ihn zu. „Machen Sie sich keine Sorgen um sie. Halten Sie uns auf dem Laufenden. Und Jared ..."

„Ja?"

„Wenn Sie etwas brauchen, egal was, Sie wissen, wie Sie uns finden."

Jared nickte. „Danke. Ich weiß das zu schätzen." Die Barons und die Golds waren schon Nachbarn gewesen, bevor er geboren worden war. Das Leben auf einer Ranch lief nicht so ab wie in den Vorstädten. Da man ein Auto brauchte, um von Ranch zu Ranch zu gelangen, gab es kein Hin- und Herlaufen zu den Häusern der anderen Kinder in der Nachbarschaft. Auch wenn er die Barons in seiner Jugend kaum besucht hatte, änderte das nichts an der Tatsache, dass auf die Nachbarn immer Verlass war, wenn es darauf ankam. Sein Großvater sprach in den höchsten Tönen von Lilas Vater. Niemand in dieser Rancher-Gemeinde war begeistert gewesen, als ein Militärangehöriger die

Ranch der Familie Lilas übernommen hatte. Aber im Laufe der Jahre hatte der Gouverneur jeden im Umkreis von hundert Kilometern für sich gewonnen, auch die Familie Gold. Nachdem Jared die Leitung von Golden Creek übertragen worden war und er den Gouverneur von Rancher zu Rancher kennengelernt hatte, verstand er genau, warum der Mann verehrt wurde.

„Soll ich mitkommen?", fragte Eve ihn.

Sosehr er sie auch bei sich haben wollte – mehr, als er erwartet hätte –, war es ihr gegenüber nicht fair. „Danke, aber nein. Ich habe keine Ahnung, was los ist, aber es könnte Stunden dauern, bis ich etwas erfahre."

„Ein Grund mehr, dass jemand bei Ihnen bleibt."

Ihre Entschlossenheit brachte ihn zum Lächeln. „Danke, aber nein. Das schaffe ich schon allein."

„Sind Sie sicher?"

Er zuckte mit den Schultern. „Nein, aber wir werden es herausfinden."

Ein leises Lachen drang von ihren Lippen, gefolgt von einem liebevollen Lächeln.

Jared war kurz davor, seine Meinung zu ändern, aber er erinnerte sich im Stillen daran, dass es nicht fair war, Eve so lange warten zu lassen. Er zog die Tür hinter sich zu, blickte in den weiten texanischen Himmel und sprach ein kleines Gebet. Das Bild des kleinen Jake, der vor Jahren stundenlang auf dem Wohnzimmerteppich mit einer alten Eisenbahn gespielt hatte, die Jared auf dem Dachboden gefunden hatte, während seine Großmutter arbeitete, brachte ihn zum Lächeln. Um des kleinen Jungen willen sollte Mary besser bald wieder auf den Beinen sein.

KAPITEL ACHT

Zehn Uhr fünfzehn am Morgen. Obwohl Eve Mary nur von ihren Kirchgängen kannte, mochte sie die Frau und hatte Mitleid mit ihr und ihrem kleinen Enkel. Nachdem sie sich stundenlang hin und her gewälzt und nicht hatte aufhören können, über Marys Sturz, den kleinen Jake und den Tribut, den das alles für Jared bedeuten könnte, nachzudenken, hatte Eve schließlich aufgegeben und beschlossen, dass es die beste Ablenkung wäre, früh zur Arbeit zu gehen. An einem neuen Parfüm zu basteln, wäre perfekt für untätige Hände. Aber drei Stunden später, mit Jared im Kopf, hatte sie nur wenig vorzuweisen.

„Ich hoffe, es ist ein Mann, der dich so ablenkt." Isabel schaute über Eves Schulter.

Wie lange hatte ihre Assistentin dort unbemerkt gestanden? Verdammt, Eve musste sich heute Morgen zusammenreißen! „Ich habe nicht an einen Mann gedacht." Zumindest nicht so, wie Isabel es meinte.

„Schade." Die junge Frau seufzte schwer und schüttelte den Kopf. „Aber etwas hat dich aus dem Konzept gebracht."

„Mit meinem Konzept ist alles in Ordnung. Ich mache mir Sorgen um einen Nachbarn."

„Alles in Ordnung?" Isabel deutete mit dem Kinn in Richtung des Gebräus, auf das Eve sich vergeblich zu konzentrieren versuchte.

Sie sah Isabel fragend an. „Was denn?"

„Hättest du aufgepasst, wäre dir aufgefallen, dass du nun schon zum dritten Mal MOC in dieses Gemisch geschüttet hast."

Eve runzelte die Stirn und hielt die Tube mit den Zutaten hoch. Hatte sie wirklich zu viel Methyl-Octin-Carbonat hinzugefügt?

„Wenn du das immer wieder hinzufügst, riecht der schöne Veilchenduft, den du anstrebst, wie ein Gurkensalat."

Eve ließ die Hände auf den Tisch fallen und lehnte sich zurück. „Ich hätte einfach im Bett bleiben sollen."

„So schlimm?" Ihre Assistentin stellte eine große Tasse Kaffee vor sie und ließ sich auf den Hocker neben ihr fallen. „Ich habe ein wenig Zichorie aus Louisiana hinzugefügt. Das wird dir schmecken."

Das Aroma, das aus der Tasse aufstieg, reichte aus, um die Laune eines jeden Kaffeeliebhabers zu heben. Eve trank einen kleinen Schluck und hätte vor Zufriedenheit beinahe aufgestöhnt. „Du hast mir etwas vorenthalten."

„Nein", entgegnete Isabel und schüttelte den Kopf, „mein Cousin Marvin hat mir am Wochenende nach einem Besuch in New Orleans welche mitgebracht. Ich hätte sie mit dir geteilt, auch wenn du keinen Mist gebaut hättest."

Normalerweise hätte Eve etwas Bissiges erwidert, aber sie war wirklich abgelenkt – von Marys Unfall, Mrs. Golds Beinahe-Zusammenbruch, dem Schicksal des kleinen Jake und davon, wie sehr Jared nach nur wenigen Tagen ihre Gedanken beherrschte. Sie schaute kurz auf ihr Handy, das neben ihr auf dem Tresen lag. Es gab keinen Grund, sie auf dem Laufenden zu halten. Trotzdem hatte sie gehofft, dass Jared eine Minute Zeit finden würde, um sie auf den neuesten Stand zu bringen. Aber eigentlich wollte sie unbedingt seine Stimme hören. Eine weitere Sache, bei der sie sich fragte, was zum Teufel eigentlich los war.

Wie die Düfte, die sie erzeugte und die in der Luft und im Gedächtnis eines Menschen verweilten, hatte sich Jared praktisch von dem Moment an, als er sie erschreckt und sie sich mit Kaviar überschüttet hatte, in jeder Faser ihres Seins verankert. Seit Bradley Roman in der sechsten Klasse in die Stadt gezogen war und vor ihr am Schreibtisch gesessen hatte, hatte sie sich nicht mehr so sehr von einem Mitglied des anderen Geschlechts irritieren lassen.

„Willst du mir davon erzählen?" Isabel hielt ihre Tasse in der Hand und pustete in den Kaffee.

Eve brauchte eine Sekunde, um ihre Gedanken wieder auf das Gespräch mit Isabel zu lenken. „Der Nachbar der Ranch hat seit Jahrzehnten dieselbe Haushälterin."

Isabel nickte und wartete auf mehr.

„Gestern ist sie gestürzt und hat das Bewusstsein verloren. Es hat sich herausgestellt, dass sie eine Aneurysmaruptur hat."

„Brr!", machte Isabel. „Das hört sich nicht gut an."

„Nein. Die Ärzte sagen, sie hätte Glück gehabt, dass die Ruptur sie nicht getötet hat. Anscheinend ist das häufig der Fall, und ich will gar nicht daran denken, was das für den Nachbarn bedeutet hätte. Trotzdem mussten sie eine Notoperation durchführen."

„O Mann!", rief Isabel bestürzt.

„Die Ärzte sagen, dass die Genesung nur einen Monat oder, je nach Schwere, Jahre betragen kann. Heute werden wir mehr erfahren. Ich warte auf ein Update." Eves Blick wanderte wieder zu ihrem stummen Telefon.

„Hat die Haushälterin eine Familie?"

„Das ist der Knackpunkt. Sie hat einen neunjährigen Enkel, der von ihr abhängig ist."

Isabel seufzte tief und runzelte die Stirn. „Es tut

mir wirklich leid. Jetzt wünschte ich wirklich, es wäre nur ein Mann gewesen, der dich aus dem Gleichgewicht gebracht hat."

Eve wollte an dieser Stelle nicht erwähnen, dass ein Mann sehr wohl etwas damit zu tun hatte, dass sie aus dem Gleichgewicht geraten war.

„Ich werde dir deinen Fehler noch einmal durchgehen lassen. Willst du jetzt nicht einfach nach Hause gehen? Ich meine, bevor wir am Ende all unsere guten Chemikalien verschwenden?"

„Ich kann nicht. Ich muss wirklich arbeiten."

Isabel schüttelte den Kopf. „Geh nach Hause! Und wenn wir wissen, dass es der Haushälterin gut geht – denn ich weigere mich, etwas anderes anzunehmen –, dann empfehle ich dir dringend, dir einen Mann zu suchen. Dringend."

„Du bist unverbesserlich." Isabels Neckerei zauberte ein Lächeln auf Eves Lippen. „Du wirst dich nie ändern."

„Versprochen." Isabel sprang vom Stuhl auf und ging zurück an ihre eigene Arbeit.

Eve stand auf und schnappte sich ihr unkooperatives Handy. Da klingelte es auf einmal. Jareds Nummer erschien auf dem Display. „Hallo!"

„Hey, tut mir leid, dass ich mich nicht früher gemeldet habe. Hier ging es zu wie im Irrenhaus."

„Sie meinen das Krankenhaus?"

„Ich bin nicht im Krankenhaus. Ich habe endlich einen Anruf von den Ärzten erhalten. Sie sind froh, dass Mary die Nacht überstanden hat."

Eve seufzte. Ihr war nicht klar gewesen, dass Marys Zustand nach der Operation so kritisch war.

„Sie werden sie in einem künstlichen Koma halten, damit ihr Gehirn heilen und die Schwellung abklingen kann. Erste Tests zeigen eine verzögerte Reaktionsfähigkeit auf der linken Seite. Die Ärzte sagten, dass sie erst dann wissen, wie lange ihre Genesung dauern wird, wenn die Schwellung zurückgeht und sie sicher sind, dass es keine weiteren Hirnblutungen geben wird."

„Hirnblutungen?"

„Ja. Der Arzt hat einen Haufen Wörter von sich gegeben, die ich nicht kenne, aber er sagt, dass die nächsten Tage entscheidend sein werden."

Eve fand, dass ein paar Tage zu warten besser war als die Alternative – dass Mary die Nacht nicht überlebt hätte.

„Meine Mutter ist jetzt bei ihr im Krankenhaus, damit sie nicht allein ist. Ihre Großmutter wird sie nach dem Mittagessen ablösen. Ich glaube, bei der Kirche können sich Leute anmelden, die abwechselnd bei ihr sind."

„Gute Idee. Ich könnte auch vorbeikommen." Wo sie doch bei der Arbeit nur Schaden anrichtete … „Wenn Sie nicht im Krankenhaus sind, wo geht es dann zu wie im Irrenhaus?"

„Hier auf der Farm. Nicht nur hat die Klimaanlage im zweiten Stock den Geist aufgegeben, sondern es ist auch eine Hydraulikleitung mitten beim Abladen von ein paar hundert Pfund Futter durchgebrannt. Und nun hat auch noch eine Färse mit einer Entbindung zu kämpfen. Ich warte gerade auf den Tierarzt."

„O nein!"

„Ja. Oft lösen sich diese Dinge von selbst, aber nicht immer. Ich kann nur eins nach dem anderen tun. Mist! Randy winkt mich zu sich. Ich muss los. Ich rufe Sie später wieder an."

Sie kam nicht mehr dazu, etwas zu erwidern, da er bereits aufgelegt hatte. Jetzt hatte sie noch etwas, worüber sie sich Sorgen machen konnte. Arme Kuh-Mama!

„Ich weiß, Mädchen." Jared fuhr mit einer Hand über die Schnauze der jungen Färse. An manchen Tagen wünschte er sich, er könnte sich einfach die Decke über den Kopf ziehen und im Bett bleiben. Den ganzen Morgen über hatte er eine Sache nach der anderen gemacht. Eines war klar: Welche Fortschritte Mary auch immer machen würde, sie würde nicht rechtzeitig zu Hause sein, wenn ihr Enkel aus dem Camp zurückkehrte.

All das bedeutete, dass er sich bald Gedanken darüber machen musste, wie er sich um Jake kümmern sollte.

„Hey!" Die sanfte Stimme, die durch die alte Scheune hallte, war wie Balsam für seine aufgewühlten Gefühle.

Als er den Blick von der zappelnden Färse abwandte, sah er Eve in der Tür stehen, etwas in den Händen haltend. Vom Sonnenlicht beleuchtet, sah sie aus wie ein Engel direkt aus dem Himmel.

„Ich dachte, Sie haben vielleicht Hunger." Sie hielt in jeder Hand eine Thermotüte hoch. „Ich würde gerne behaupten, dass ich alles selbst gemacht habe, aber dann würden Sie nichts davon essen wollen."

„Das ist eine schöne Überraschung!" Er hätte das strahlende Lächeln, das sich auf seinem Gesicht ausbreitete, nicht verhindern können, selbst wenn er gewollt hätte. „Ich will mich nicht beschweren, aber sollten Sie nicht arbeiten?"

„Doch." Sie stellte die Tüten ab. „Aber ich habe nicht viel zustande gebracht. Ich war zu abgelenkt. Außerdem, was nützt es, die Chefin zu sein, wenn ich nicht kommen und gehen kann, wie ich will?"

„Guter Punkt." Er griff nach den Tüten. „Was

haben wir denn hier?"

„Ich habe nach Essen gesucht, das man problemlos in einer Scheune verzehren kann."

Das brachte ihn zum Schmunzeln. „Ich wusste gar nicht, dass es Scheunen-taugliche Gerichte gibt."

„Jetzt schon." Eve winkte mit einer Tasche. „Da sind kühle Getränke drin. Ich dachte mir, dass Sie während der Arbeit keinen Wein oder Bier trinken wollen."

Er nickte. „Gute Entscheidung."

„Wenn Sie etwas Warmes wollen, es gibt Brathähnchen, Frikadellen und Maiskolben. Wenn Sie etwas Kaltes möchten, hätten wir da das Reuben-Sandwich, eine italienische Vorspeise und eine kleine Käseplatte. Oh, und Kartoffelchips. Sowohl normale als auch welche mit Paprika-Geschmack."

Wenn das alte Sprichwort, dass *der Weg zum Herzen eines Mannes durch den Magen führt,* wahr war, dann hatte Eve Baron sein Herz komplett um den kleinen Finger gewickelt. „Wow!"

Die Art und Weise, wie sie angesichts seiner Reaktion lächelte, verlieh seinem Herzen einen zusätzlichen Kick. Es gefiel ihm wirklich, sie lächeln zu sehen, aber noch mehr gefiel es ihm zu wissen, dass er derjenige war, der ihr das ins Gesicht gezaubert hatte. Tatsächlich würde er sie gerne jeden Tag zum Lächeln bringen. „Haben Sie heute Abend Zeit, um mit mir essen zu gehen?"

Ihre Augen weiteten sich. „Wir haben noch nicht einmal zu Mittag gegessen, und Sie denken schon ans Abendessen?"

„Ich bin noch am Wachsen." Er trug die Tüten vor den Stall, in dem die Kuh gehalten wurde. „Ich hole uns einen kleinen Tisch."

„Nicht nötig." Sie holte eine alte Steppdecke aus ihrem Rucksack. „So können Sie in der Nähe der Kuh-

Mama bleiben.“

„Eine Frau, die an alles denkt.“ Es dauerte nur wenige Minuten, bis sie die Decke auf sauberem Heu ausgebreitet hatten und es sich für ein Picknick gemütlich machten.

Mit gekreuzten Beinen saß Eve vor ihm und holte Servietten, Pappteller und Plastikbesteck hervor. „Ich wusste nicht, was Sie bevorzugen, also dachte ich, ein bisschen von allem ist am einfachsten.“

„Das sieht alles köstlich aus.“ Er griff nach einem Brathähnchen und einer Frikadelle. „Was halten Sie davon, wenn wir die Sandwiches halbieren, dann kann jeder von uns beides haben.“

So wie eine Augenbraue in die Höhe schoss, könnte man meinen, er hätte eine Partie Strip-Poker nach dem Mittagessen vorgeschlagen. „Man hat mir gesagt, ich hätte einen gesunden Appetit, aber nicht so gesund.“

Toll gemacht! „Nein, äh, ich meinte nur ...“

Sie lächelte und hob eine Hand. „Ich weiß, was Sie gemeint haben. Ich bin es nur so gewohnt, mich gegen Brüder zu wehren, die mich gerne aufziehen.“

Er nickte lediglich, denn er hatte Angst, dass alles, was er sagte, gegen ihn verwendet werden könnte. Stattdessen biss er in sein Hähnchen und genoss die knusprig gebratene Haut. „Das ist großartig. Ich glaube, es ist besser als das von Mary. Woher haben Sie es?“

„Von einem Laden am Highway. Die haben alles, von gefrorenem Wild bis zu Karamelläpfeln. Da sollte ich wirklich öfter mal vorbeischauen.“

Das nächste Mal, wenn er unterwegs einen schnellen Happen zu sich nehmen wollte, würde er daran denken müssen.

„Und was ist mit der Kuh-Mama?“

„Sie wird zum ersten Mal Mutter. Die Wehen setzten aus. Der Tierarzt hat ihr eine Spritze gegeben, um die Geburt voranzutreiben, aber er musste zu einem Notfall. Er versicherte mir, dass ihr Becken groß genug für die Geburt sei, also heißt es jetzt abwarten und beobachten."

„Das arme Ding muss so verwirrt sein." Sie brach ein Stück Brot vom Ende des italienischen Sandwichs ab und steckte es sich in den Mund.

„Das erste Baby bedeutet immer mehr Arbeit für die Mutter."

„Das stimmt. Eine meiner besten Freundinnen aus dem College hat vergangenes Jahr ihr erstes Kind bekommen. Zweiunddreißig Stunden Wehen. Das nenne ich mal Durchhaltevermögen."

„Meine Mutter hat mich nie vergessen lassen, dass sie drei Tage lang mit mir in den Wehen lag." Er griff nach einer Serviette. „Diese Tatsache wird meist dann erwähnt, wenn meine Pläne nicht ganz mit denen meiner Mutter übereinstimmen."

„Oh, darauf wette ich!" Sie kicherte. „Wenn ich drei Tage lang mit Ihnen in den Wehen gelegen hätte, würde ich Sie bei jedem schiefen Grinsen daran erinnern."

„Und glauben Sie nicht, dass Mom nicht genau das getan hat." Tatsache war, dass er seine Mutter über alles liebte und alles für sie tun würde. In diesem Moment gab die Kuh ein lautes Brüllen von sich.

„Sag du es ihm, Mädchen!" Eve lachte über das Timing der Kuh, als ob sie das Konzept „Sei gut zu deiner Mama!" bekräftigen wollte.

„Sie haben mir noch nicht geantwortet, ob Sie mit mir zu Abend essen können? Außerdem würde ich Sie gerne fragen, ob wir uns duzen wollen?" In der Hoffnung, dass er sich nicht zu weit aus dem Fenster gelehnt hatte, biss er erneut in sein Sandwich, um nicht noch mehr unpassendes Zeug daherzureden.

„Wir können uns sehr gerne duzen." Sie tat es ihm

gleich und biss ebenfalls in ihr Sandwich, sah ihn durch ihre dichten Wimpern hindurch an und beantwortete erst dann die erste Frage: „Das mit dem Abendessen wäre nett."

Nett war gut. Besser als nein. Er nickte, lächelte sie an und widerstand dem Drang, die Faust in die Luft zu recken oder einen Siegestanz aufzuführen. Aber er musste sich um Mary und Jake kümmern. „Ich werde vielleicht nicht mehr viel Freizeit haben, wenn Jake nach Hause kommt." Der Gedanke, in Bezug auf Marys Enkel das Richtige zu tun, verfolgte ihn bei jedem Schritt.

Das Sandwich war schon halb in Eves Mund, doch sie zog es zurück und ließ die Hände in den Schoß sinken. „Was wird mit ihm passieren?"

„Natürlich wird er hierbleiben. Ich habe keine Ahnung, ob Mary Vorkehrungen für den Fall getroffen hat, dass ihr etwas zustößt. Aber auch wenn sie in der Wohnung über der Garage leben, ist die Ranch das einzige Zuhause, an das sich Jake erinnert. Ich werde ihm das nicht auch noch wegnehmen."

Sie schüttelte den Kopf. „Nein, das kannst du nicht tun." Mehrere Sekunden lang starrte sie auf das halb aufgegessene Sandwich, bevor sie den Kopf hob und seinem Blick begegnete. „Wenn du etwas brauchst – du weißt schon, mit Jake –, zögere nicht zu fragen."

„Danke. Vielleicht muss ich das bald annehmen." Wenn man bedachte, dass er kaum Zeit mit dem Jungen verbracht hatte – mit irgendeinem Kind, um genau zu sein –, und wenn Marys Genesung sich hinzog, könnte er eine Menge Hilfe gebrauchen. Der nächste Bissen wäre ihm fast im Hals stecken geblieben, als er sich einer Sache klar wurde. So viele neue Verpflichtungen lasteten nun auf seinen Schultern.

KAPITEL NEUN

Die Woche war lang und anstrengend. Sie hatte sich auf jede Gelegenheit gefreut, Zeit mit Jared zu verbringen. Um ihn besser kennenzulernen. Die einzige Herausforderung war, dass Eve danach mehrere Tage brauchte, um sich wieder konzentrieren zu können. Im Moment wünschte sie sich nichts sehnlicher, als der Stadt zu entfliehen und sich auf der Ranch zu sortieren. Jared in der Nähe zu haben, war das Tüpfelchen auf dem i. Sie widerstand dem Drang, ihn von der Straße aus anzurufen, und bog in die Einfahrt zur Baron-Ranch ein.

Als sie die Autotür hinter sich zuschlug, atmete sie tief ein. Selbst so nahe an Houston war die Luft einfach anders. Zum Teil lag es am geringeren Verkehrsaufkommen, zum Teil daran, dass viel weniger Menschen unterwegs waren, und zum Teil an der geringeren Anzahl von Wohnsiedlungen. Aber der Hauptgrund waren sicherlich die sanften Hügel und die Liebe ihrer Familie.

Schotter knirschte unter heranfahrenden Reifen. Ihr Herz schlug höher bei dem Gedanken, dass es vielleicht Jared war, der sie besuchen wollte, was überhaupt keinen Sinn ergab. Ein normaler Arbeitstag würde um diese Zeit noch nicht zu Ende sein. Warum sollte Jared vorbeikommen, wenn sie sich doch in ein paar Stunden zum Abendessen verabredet hatten?

Das vertraute Auto kam neben dem ihren zum

Stehen. Craig stieg aus und schlug die Tür hinter sich zu.

„Na, das ist ja eine nette Überraschung! Ich dachte, du würdest an einem Film in New Mexico oder Arizona arbeiten."

Er trat neben sie, küsste sie auf die Wange und legte ihr einen Arm um die Schulter, während sie nebeneinander zum Haus gingen. „Ich bin gerade zurückgeflogen. Alles läuft wie geschmiert. Der Vertrag erlaubt keine Dreharbeiten am Wochenende, also stand ich vor der Wahl, nach Hause zu kommen oder in einem Motel mitten im Nirgendwo von New Mexico abzuhängen. Ich habe mich für die Ranch entschieden."

„Grandma wird sich freuen. Sie ist am glücklichsten, wenn alle Enkelkinder zu Hause sind."

Craig lachte daraufhin. „Das ist sie. Außerdem habe ich versprochen, bei der Errichtung des neuen Zauns zu helfen, der die Stiere einsperren soll."

„Ich habe mich schon gefragt, wer da draußen so einen Aufruhr macht!", rief der Gouverneur hinter seinem Schreibtisch und winkte Eve herbei. „Ich weiß, dass du und Jared zum Abendessen ausgehen wolltet, aber als ich heute mit ihm über Marys Zustand sprach, erwähnte er beiläufig sein Vorhaben, traumatisierten Kindern Ausritte auf seiner Ranch zu ermöglichen. Deine Großmutter und ich finden die Idee toll. Wir würden das gerne genauer besprechen, also habe ich vorgeschlagen, dass er mit der Familie zu Abend isst."

Mit der Familie zu Abend isst. Die Worte hallten in ihrem Kopf nach. Sie war sich nicht sicher, ob sie bereit war, Jared mit so vielen Mitgliedern ihrer Familie zu teilen. Die Menschen, die ihr am nächsten standen, zu necken und von ihnen geneckt zu werden, war schön und gut. Aber sie zögerte, Jared mit ins Spiel zu bringen. Das könnte ihn vergraulen. Der Gedanke, ihn zu verjagen, bevor sie einander besser kennengelernt hatten, tat ihr buchstäblich in der Brust weh. In dieser Woche, in der sie jeden Tag miteinander telefoniert hatten – manchmal sogar mehrmals am Tag –, hatte sie nicht daran denken wollen, zu einem Leben aus Essen, Schlafen, Arbeiten zurückzukehren, mit nur sporadischen sozialen Kontakten, die nichts mit einer Wohltätigkeitsgala zu tun hatten. Die Vorfreude darauf, es sich auf dem Sofa gemütlich zu machen und mit Jared zu plaudern, war schnell zum Höhepunkt ihres Tages geworden.

„Im Wohnzimmer steht Limonade." Ihre Großmutter steckte den Kopf durch die Bürotür. „Beim Abendessen werden nicht viele Familienmitglieder da sein."

Nicht viele war gut. Weniger Leute, die auf ihr und Jared herumhacken konnten.

„Wenn ihr mich entschuldigt, ich möchte vor dem Abendessen noch den Staub von New Mexico abduschen." Craig beugte sich vor und gab seiner Großmutter einen Kuss auf die Wange, während er an ihr vorbei aus dem Zimmer ging.

Ihr Großvater richtete sich auf, griff nach dem Stock, den er eigentlich nicht brauchte, und folgte seiner Frau ins Wohnzimmer. „Dieser Jared ist ein schlaues Köpfchen. Ich dachte, sein Vater hätte den Verstand verloren, als er seinem Sohn einen Betrieb dieser Größe übertrug, aber er hat das Richtige getan."

Eve ging langsamer. Sie wusste, was auf sie zukam – ihr Großvater befand sich in der Verkupplungsphase.

„Ein Mann wie er weiß, wie man mit Verantwortung, Herausforderungen und Chancen umgeht. Er weiß, dass er sie sich nicht durch die Lappen gehen lassen darf."

Sie wusste, dass die Wörter *Ehemann* und *Vater*

sowie ihr Name gleich in einem Atemzug fallen würden.

„Einige deiner Cousins wären nicht in der Lage gewesen, eine solche Verantwortung zu übernehmen. Und jetzt will er das, was er sich erarbeitet hat, mit den Kindern der Männer und Frauen teilen, die für dieses Land gedient und Opfer gebracht haben. Ich könnte nicht stolzer auf ihn sein, wenn er ein Baron wäre."

Eve war auch ziemlich stolz auf ihn. Wie er sich darum kümmerte, dass Mary die bestmögliche Behandlung erhielt, und wie er ihren Enkel im Sommer-Camp im Auge behielt. Die sanfte Art, mit der er die Färse durch die Wehen begleitet hatte, bis sie ein gesundes Kalb zur Welt gebracht hatte, all das war Eve unter die Haut gegangen. Sie liebte so viele Dinge an ihm, aber sein Mitgefühl stand ganz oben auf der Liste.

„Keine Ahnung, warum eine kluge, schöne und nette Frau", der alte Mann stellte sich tatsächlich neben seinen Lieblingssessel und starrte sie an, anstatt sich zu setzen, „ihn sich nicht schon längst geschnappt und zum Traualtar geführt hat."

„Männer werden nicht zum Traualtar geführt." Es war eine dumme Antwort, aber es war die einzige gewesen, die ihr eingefallen war. Egal, wie sehr sie Jared liebte, sie würde nicht zulassen, dass ihr Großvater sie vor den … Sie liebte Jared? Ihr Mund wurde trocken, und ihr Gehirn funktionierte auf einmal nicht mehr richtig. Natürlich liebte sie Jared. Er war ein guter Mann. Ein guter Nachbar. Und er war ein guter Freund geworden. Sie liebte alle ihre Freunde und ihre Familie. Das tat sie. Aber wem wollte sie etwas vormachen? Sie kaute nicht nervös auf ihren Fingernägeln, wenn sie einen Anruf von ihrer Großmutter oder ihren Freunden erwartete.

Grundgütiger, sie hatte sich in Jared Gold verliebt!

Wenn es um den Gouverneur ging, hatte Jared das Gefühl, dass eine Einladung zum Abendessen dasselbe war wie eine Vorladung ins Büro des Schuldirektors. Das Gute war jedoch, dass Eve dabei sein würde. Dass er in der vergangenen Woche mit ihr hatte reden und Ideen und Probleme hatte austauschen können, hatte selbst seine größten täglichen Herausforderungen deutlich erträglicher gemacht.

Als er in die Einfahrt der Baron-Villa eingefahren war, stieg er aus dem Jeep, schlug aus reiner Gewohnheit seinen Hut gegen sein Bein und marschierte, tief ein- und ausatmend, die Treppe hinauf. Er fühlte sich, als ginge er zu seiner Hinrichtung und nicht zu einem netten Familienessen mit der Frau seines Lebens. Aber dies war das erste Mal, dass er mit den Barons zu Abend aß als … Ja, als was? Eves guter Freund? Eves fester Freund? Eves Auserkorener? *Auserkorener.* Das war ein ganz schön altmodisches Wort. Er hatte keine Ahnung, woher es stammte, aber wie ein Blitz schlug es ihm ins Gesicht. Er hatte durchaus Gefühle, wenn es um Eve ging. Er hatte sie nur noch nicht in Worte gefasst. Aber bei allem, was vor sich ging, war er sich nicht sicher, ob jetzt der richtige Zeitpunkt war, um damit herauszuplatzen, dass er nicht nur mit ihr befreundet sein und dass er auf jeden Fall mehr als nur gelegentliche Verabredungen haben wollte.

Wie schon bei den vergangenen Malen, als er zu Besuch gekommen war, wurde die Haustür geöffnet, bevor er klingeln konnte. Dieses Mal war es Eves Bruder Craig, der in der Tür stand. „Ich habe dich die Treppe hochkommen sehen. Ich dachte, ich erspare dir die Mühe, zu klingeln und dadurch deinen Arm zu strapazieren.“

„Das weiß ich zu schätzen.“ Jared lächelte ein, wie er hoffte, zuversichtliches Lächeln, auch wenn er diese ganz und gar nicht empfand. Nicht, dass Selbstvertrauen ein Problem für ihn wäre. Normalerweise betrat er einen Raum, als gehörte ihm die Welt, weil er wusste, dass niemand infrage stellen würde, ob das tatsächlich stimmte oder nicht. Aber bezüglich Eve war sein Selbstvertrauen ein wenig ins Wanken geraten. Er durfte sich in ihrer Gegenwart keinen einzigen Fehltritt leisten. Oder in der ihrer Brüder. Er wollte diese Frau nicht verlieren. Mehr als alles auf der Welt wollte er, dass Eve in seinem Leben blieb. War das nicht eine interessante Offenbarung?

„Willkommen!“ Lila Baron lächelte ihn von ihrem Lieblingssessel aus an. Die heranwachsenden Welpen dösten in ihrem jeweiligen Körbchen. „Setzen Sie sich.“

Er folgte der Aufforderung seiner Nachbarin und nahm auf dem Sofa Platz.

„Das Abendessen findet heute in kleiner Runde statt“, erklärte seine Gastgeberin. „So ist es intimer, finden Sie nicht?“

War das eine Fangfrage? Er war sich nicht sicher, nickte und hoffte, dass er keinen Fehler gemacht hatte.

„Mein Cousin Colton wollte eigentlich vorbeikommen, aber er hatte in letzter Minute ein paar Komplikationen bei einem Projekt.“ Craig schenkte sich einen Drink ein und hob das Glas in Jareds Richtung. „Möchtest du einen Cocktail vor dem Essen?“

„Ich nehme das, was du nimmst.“

Craig nickte, und Jared hatte das seltsame Gefühl, dass der Abend voller Prüfungen sein würde. Oder er war einfach nur paranoid geworden. Apropos paranoid, er schaute sich beiläufig in dem großen Raum um. Hatte Eve das Essen sausen lassen und ihn mit ihrer Familie allein gelassen?

„Sie wird in einer Minute unten sein." Der Gouverneur hatte offenbar die Gabe, Gedanken zu lesen. Jared musste in der Nähe des pensionierten Marinesoldaten etwas vorsichtiger sein. „Was gibt's Neues von Mary?"

„Die Ärzte sind zuversichtlich, aber auch wenn sie keine dauerhaften Beeinträchtigungen davonträgt, könnte sie eine lange Genesungszeit vor sich haben. Wenn es zu einem Funktionsverlust kommt, könnte sie eine Reha brauchen, bevor sie nach Hause zurückkehrt."

„Und wann wird das sein?"

Er stieß denselben tiefen Seufzer aus, den er von sich gegeben hatte, als der Arzt ihm gesagt hatte, dass er Mary frühestens in einem Monat zu Hause erwarten könne. Die Worte hatten ihn immer noch ein wenig verunsichert.

„Hallo." Eve kam durch den Türrahmen.

Als er ihre Stimme hörte, sprang er sofort auf. Seine Mutter hatte dafür gesorgt, dass das Aufstehen, wenn eine Dame den Raum betrat, so selbstverständlich war wie das Atmen. Wenn er es nicht tat, würde seine Mutter es irgendwie herausfinden. Und egal wie weit weg sie auch sein mochte, sie würde auf magische Weise neben ihm auftauchen, um ihn in die Rippen zu stoßen. Sein nächster Impuls hätte eigentlich darin bestanden, nach Eves Hand zu greifen, sie leicht zu küssen und dann den Stuhl für sie hervorzuziehen. Allerdings fragte er sich, ob die Männer im Raum das als Grund ansehen würden, ihn mit Schrotflinten aus der Stadt zu jagen. Er begnügte sich damit, zu lächeln und ein kaum hörbares *Hi* zu murmeln.

„Das Abendessen ist noch nicht fertig." Lila zeigte

in Richtung des Sofas. „Wir können uns auch wieder setzen.“

„Wir haben gerade über Marys Prognose gesprochen.“ Der Gouverneur, der sitzen geblieben war, klopfte mit seinem Ehering auf die Spitze seines Stocks. „Wann kommt der Junge nach Hause?“

Und das war ein weiteres Problem, mit dem er sich heute herumgeschlagen hatte und über das er heute Abend mit Eve hatte sprechen wollen. „Das Camp endet offiziell am Samstag, aber die Eltern bringen die Kinder erst am Sonntag nach Hause.“

Eve sah ihn mit großen Augen an. „Das sind ja nur noch zwei Tage!“

„Ja.“ Er senkte den Kopf und schluckte schwer. „Ich muss gestehen, dass mir das etwas Sorgen bereitet.“

Lila lächelte. „Nicht viel Erfahrung mit Kindern?“

Er schüttelte den Kopf. „Es ist nicht so, dass Jake und ich einander nicht kennen würden, aber die Ranch hält mich ziemlich auf Trab. Unsere Wege kreuzen sich nicht allzu oft.“ Zu seiner Überraschung legte Eve, ohne ihn anzusehen, ihre Hand auf seine und drückte sie beruhigend. Dankbar für die Unterstützung verschränkte er die Finger mit ihren und hielt sie fest.

„Wir werden uns schon etwas einfallen lassen.“ Eve drückte erneut seine Hand.

Bei dem Wort *wir* wurde ihm warm ums Herz. Der Gedanke, dass sie bereit war, ein Teil dieses *Wir* zu sein, nahm ihm sofort ein wenig von dem Druck bezüglich Marys Enkel. Er fühlte sich deutlich entspannter.

„Hast du dich entschieden, wo er wohnen wird?“, fragte Eve.

„Wohnt Mary nicht in der Wohnung über der Garage?“ Lila Baron schien über etwas nachzudenken.

Jared nickte. Er hatte auch darüber nachgedacht,

allerdings noch keinen Entschluss gefasst, ob er in Marys Wohnung oder Jake in das Haupthaus ziehen sollte. Wenigstens hatte er im Haupthaus anderes Personal, das ihm helfen konnte, auf den Jungen aufzupassen, während er arbeitete.

„Worüber denkst du nach?" Eves Blick begegnete seinem.

„Schlafgelegenheiten."

„Möchtest du das erläutern?" Sie zog die Mundwinkel nach oben, und er hatte das Gefühl, dass es nichts damit zu tun hatte, wo Marys Enkel untergebracht werden sollte.

„Ich glaube, es wäre einfacher für mich, wenn er im Haus bliebe, aber ich bin nicht sicher, ob es das Beste für Jake ist."

„Verbringt der Junge viel Zeit bei Ihnen zu Hause?", fragte Lila.

Jared zuckte mit den Schultern. „Er verbringt sehr viel Zeit in der Küche. Er macht dort seine Hausaufgaben. Manchmal hilft er der Köchin, wenn Mary sehr beschäftigt ist. Aber ich sehe ihn selten im Hauptbereich des Hauses."

„Wie selten ist selten?" Der Gouverneur machte eine ernste Miene.

„Ein paar Mal im Jahr. Meistens um die Feiertage herum, wenn Mary dekoriert."

„Dann ist Ihre Frage wohl beantwortet." Lila grinste und senkte das Kinn, als ob das alles wäre. Leider war für ihn immer noch nichts beantwortet.

„Gut. Da nun feststeht, dass der Junge bei Ihnen wohnen wird, möchte ich über Ihre Idee bezüglich der Kinder sprechen."

Was Jared nicht verstand, war, warum er die einzige Person im Raum zu sein schien, für die die Antwort nicht so glasklar gewesen war. Zumindest hatte er nun verstanden, dass Jake in ein Gästezimmer ziehen würde. Vorzugsweise in seiner Nähe. Nur für den Fall der Fälle. „Ja, Sir."

„Ich habe Ihre Idee mit Mrs. Baron besprochen."

Jared nickte. Er hatte keine Ahnung, worauf der Gouverneur hinauswollte, und wollte seine Verwirrung nicht durch eine dumme Bemerkung verraten.

„Sie gefällt uns sehr gut."

Das war eine gute Nachricht. Nicht, dass es etwas ändern würde, wenn der Gouverneur das Ganze für eine schlechte Idee hielte, aber sein negativer Eindruck würde ihm zu denken geben.

„Es ist eine große Aufgabe, eine Wohltätigkeitsorganisation von diesem Kaliber zu gründen. Vor allem jetzt, wo Sie sich zusätzlich um einen kleinen Jungen kümmern müssen."

Diesmal nickte er wahrscheinlich etwas heftiger als noch vor einem Moment. Er erwartete, dass so ziemlich alles schwieriger werden würde, solange er für Jake verantwortlich war.

„Lila und ich haben Erfahrung mit solchen Dingen und ganz sicher mehr Zeit als Sie."

Das war unbestritten. Die Barons waren Gründungsmitglieder vieler Wohltätigkeitsorganisationen in Südtexas.

„Die Anlaufkosten werden hoch sein, weil man eine bestimmte Art von Pferden benötigt. Die Anwaltskosten und die Baukosten werden auch nicht niedrig sein."

„Das sehe ich auch so." Endlich konnte er etwas sagen.

„Meine Frau und ich möchten mit Ihnen zusammenarbeiten."

„Wie bitte?" Von all den Dingen, die er vom Gouverneur erwartet hatte, hatte das nicht einmal im Entferntesten auf seiner Liste der Möglichkeiten gestanden.

„Es werden mehr Pferde benötigt. Sehr gute Pferde. Ein paar zusätzliche Hände. Und man braucht Sponsoren. Wir können dabei helfen, einen Teil der Vorlaufkosten zu stunden, und uns dann an andere wenden, um den Rest der Kosten auszugleichen. Was sagen Sie dazu?"

Sosehr ihn Marys Gesundheit und die Sorge um ihren Enkel die ganze Woche über beschäftigt hatten, der Gedanke an die Wohltätigkeitsorganisation für Kinder verwundeter Veteranen, die durch das Raster fallen, hatte ihn nicht losgelassen. Tief in seinem Inneren wusste er, dass er vorankommen musste. Die Zeiten, in denen er einfach nur einen Scheck ausstellte, waren vorbei. Er hatte keinen Zweifel daran, dass die Idee gut war und dass er und seine Familienranch das Zeug dazu hatten, sie in die Tat umzusetzen. Bis auf die eine Sache, von der er unter normalen Umständen schon nicht viel hatte, und jetzt noch weniger – Zeit. Trotzdem gab es niemanden, dem er mehr vertraute als den Barons, wenn es darum ging, diese Idee voranzubringen. „Wo muss ich unterschreiben?"

Sowohl der Gouverneur als auch seine Frau lachten. Eve hielt einfach seine Hand fest, und doch war das beruhigender als alles, was die Ärzte oder der Gouverneur zu ihm gesagt hatten. Als er ihre langen, schönen Finger und ihre weiche, zarte Hand betrachtete, war er sich einer Sache sicher: Eve Baron war das Beste, was ihm hatte passieren können. Es spielte keine Rolle, ob sie sich vor einer Woche, einem Monat oder einem Jahr nähergekommen waren. Er war dabei, sich in diese schöne, gutherzige Frau zu verlieben. Die Frage, die sich nun stellte, war, wie er sie für sich gewinnen konnte. Er konnte nicht zu einem Leben ohne Eve darin zurückkehren. Das konnte er einfach nicht.

KAPITEL ZEHN

Nach dem Abendessen am Freitagabend hatte sich das Gespräch um die neue Wohltätigkeitsorganisation, die Jared gründen wollte, gedreht. Es hatte niemanden überrascht, dass Eves Großeltern sehr viel wussten. Die beiden brachten mehrere Themen zur Sprache, die Jared nicht bedacht hatte und die ihr ganz sicher nicht eingefallen wären. Als der Rancher das weitläufige Haus verließ, hatte er eine To-do-Liste, die länger war als sein Arm, und sie war begeistert, dass ihre Familie ihm helfen konnte.

Am Samstagmorgen hatten sie zu viert das Gelände und die Einrichtungen besichtigt, die Jared der Wohltätigkeitsorganisation zur Verfügung stellen wollte. Der Gouverneur hielt nichts davon, das, was heute erledigt werden konnte, auf morgen zu verschieben. Selbst wenn das bedeutete, an seinem freien Tag einen Anwalt anzurufen. Bis zum Abendessen hatten sie einen Termin mit dem besten gemeinnützigen Anwalt des Staates, eine Liste der besten Züchter und Trainer und bis zum Nachtisch hatten sie die Liste der Pferdezüchter auf einen eingegrenzt. Connor Farraday. Offenbar kannte der Mann Pferde so gut wie sie Parfüm. Vielleicht sogar besser. Ein weiterer Anruf des Gouverneurs, und er und Jared würden am folgenden Wochenende in West Texas erwartet werden.

„Es ist schon erstaunlich, wie schnell dein Großvater alles auf die Reihe kriegt." Jared überholte auf dem Highway einen langsamen Autofahrer, der offenbar vergessen hatte, dass die linke Spur nur zum Überholen da war.

„Wenn ich jedes Mal einen Cent bekommen hätte, wenn der Gouverneur das alte Sprichwort *es kommt nicht darauf an, was man weiß, sondern wen man kennt* zitiert hatte, wäre ich eine sehr reiche Frau."

„Tut mir leid, wenn ich das sage", Jared lächelte sie an, „aber du bist bereits eine sehr reiche Frau."

Sie zuckte mit den Schultern. „Okay, reicher. Bei all seinen Verbindungen und seiner Tendenz, jedes Projekt, an dem er beteiligt war, auf die gleiche Weise zu leiten, wie er seine Truppen herumkommandierte, habe ich keinen Zweifel, dass diese neue Wohltätigkeitsorganisation eher früher als später glänzen wird."

„Einverstanden." Jared schaltete einen Gang zurück. „Ich weiß, dass ich das schon gesagt habe, aber ich möchte es dennoch wiederholen. Danke, dass du mich heute begleitet hast."

Als der Abend und die Planungen endlich vorbei gewesen waren, hatte sie höflich angeboten, Jared heute zu begleiten, um Marys Enkel abzuholen. Zu ihrer Überraschung hatte Jared ihr Angebot angenommen, noch bevor sie ihren Satz beendet hatte. Anstatt also am Sonntagmorgen mit der Familie in die Kirche zu gehen, war sie nun auf dem Weg auf die andere Seite des Hill Country, um Jared bei seiner Aufgabe, den kleinen Jake zurückzuholen, zu begleiten.

„Woran denkst du gerade?" Jared blickte kurz in ihre Richtung.

„Nicht so wichtig." Eve lächelte vor sich hin, wie sie es oft tat, wenn sie in Jareds Nähe war.

„Das bezweifle ich." Er richtete den Blick auf die Straße vor ihm.

„Woran denkst du denn?"

Er seufzte tief.

„Wenn wir mit Jake zur Ranch zurückkehren, haben wir noch den größten Teil des Nachmittags vor uns, und ehrlich gesagt, weiß ich nicht, was wir mit ihm machen sollen. Vor allem, wenn er sich bezüglich seiner Großmutter Sorgen macht, was wohl der Fall sein wird."

„Da bin ich überfragt."

„Bezüglich was – was wir mit ihm machen sollen oder ob er sich Sorgen machen wird?"

„Ich weiß nicht viel über Kinder, aber ich erinnere mich an ein oder zwei Dinge über meine beiden Halbschwestern. Eines davon ist, dass Kinder in Jakes Alter immer noch unerschütterliches Vertrauen in alles haben, was Erwachsene ihnen erzählen. Wenn man ihm sagt, dass alles gut wird und dass seine Großmutter bald nach Hause kommt, dann glaubt er einem."

„Und wenn sie nicht bald nach Hause kommt? Dann wird er mir nie wieder glauben."

Diesmal war sie diejenige, die seufzte. „Ich nehme an, der Optimismus des Arztes muss vorsichtig wiedergegeben werden, aber wenn wir unser Leben so normal wie möglich gestalten, wird er das auch."

Jared neigte den Kopf zur Seite. „Ich hoffe sehr, dass du recht hast, aber dann frage ich mich immer noch, was wir heute Nachmittag mit ihm machen sollen."

„Nun." Sie verzog leicht den Mund. „Es könnte vielleicht zu viel des Guten sein, und ich habe keine Ahnung, ob Jake Wasser mag."

Er zuckte mit den Schultern. „Ich auch nicht. Woran denkst du?"

„Kyle ist in der Stadt. Heute ist ein rennfreies Wochenende."

Jared nickte, schwieg aber weiter.

„Ein Teil der Familie wird den Tag auf der *Baro-*

ness verbringen. Einem Kind könnte das Spaß machen."

Die Idee war gar nicht mal so schlecht. Die wenigen Interaktionen, die er mit Jake gehabt hatte, spielten sich vor seinem geistigen Auge ab, während Jared versuchte herauszufinden, ob Segeln etwas war, das dem Jungen gefallen würde. Es war ein ziemlicher Schock festzustellen, dass der Junge ihn die meiste Zeit nur angestarrt und sich wenig Mühe gegeben hatte, ihn anzusprechen. Er hatte wirklich keine Ahnung, ob Jake Aktivitäten im Freien mochte oder nicht. Andererseits, was machte das schon? Wenigstens würde er auf der Jacht Hilfe von anderen Erwachsenen haben. „Wir können ihn ja einfach fragen, oder?"

Eve lächelte. „Ja, das können wir."

Das Funkeln in ihren Augen, das er so lieb gewonnen hatte, verriet ihm, dass sie ihn höflich neckte. „Wir werden ihn fragen."

Sie nickte, und er hoffte, dass es so einfach sein würde, Jake nach Hause zu bringen, wie mit Eve zusammen zu sein. Trotz der schlimmen Umstände wollte er gerne glauben, dass Eves Analyse der Situation richtig sein würde. Außerdem wünschte er sich, dass Mary eher früher als später wieder gesund wurde, und er freute sich über die Hilfe der Barons. Jetzt wollte er noch einen Weg finden, Eve dazu zu bringen, für ihn das Gleiche zu empfinden wie er für sie. Eine große Aufgabe. Vielleicht sollte er während der restlichen Fahrt ein paar zusätzliche Gebete sprechen. Denn im Moment schienen die beiden Dinge, die er sich am meisten wünschte – eine gesunde Mary aus dem Krankenhaus nach Hause zu bringen und Eve Baron zu einem festen Bestandteil seines Lebens zu machen –, verdammt weit außerhalb seiner Reichweite zu liegen.

„Entspann dich!" Eves Bruder Kyle reichte ihr einen Eistee. „Craig mag gelegentlich ein überheblicher …"

„Das habe ich nie gesagt." Und das würde sie auch nie. Zumindest nicht ihm ins Gesicht. Aber Kyle hatte recht, die Arbeit mit arroganten Hollywood-Diven brachte oft die stachelige Seite ihres Bruders zum Vorschein. Zum Glück hatten ihn ein paar Tage auf dem harten texanischen Lehmboden wieder zur Vernunft gebracht. „Ich hatte nur gehofft, dass Jake sich mehr für das Boot und einige deiner Spielzeuge begeistern würde."

„Das Kind ist ein bisschen zu jung, um auf die Jetski losgelassen zu werden."

„Das hast du nicht wirklich gesagt, oder?" Eve zog die Stirn in Falten. „Wie alt warst du, als du Mitch um die Familienmeisterschaft geschlagen hast?"

Ihr Bruder lächelte wissend. „Hey, nicht jedes Kind ist ein geborener Athlet wie meine Wenigkeit."

„Ach, Bruder! Das nenne ich mal ein aufgeblasenes Ego."

„Wie bitte?" Kyle legte eine Hand auf seine Brust und schaute beleidigt drein. Dann lachte er und schüttelte den Kopf.

Addison, Kyles Frau, verdrehte die Augen angesichts des Verhaltens ihres Mannes, schüttelte den Kopf und küsste ihn auf die Wange. „So ein Schauspieler! Gut, dass ich dich trotzdem liebe." Sie tätschelte sanft seine Hand und drehte sich zu Eve. „Ich sage dir, wenn jemand auf diesem Boot etwas mit Kindern anfangen kann, dann Craig."

Kyle nickte. „Der Mann verdient seinen Lebensunterhalt im Grunde genommen mit Spielen."

„Ein Esel schimpft den anderen Langohr?" Sie

lächelte ihren Bruder an.

Kyle verdrehte die Augen. „Ich bin mir sicher, dass Craig Jake inzwischen mit einem seiner Lieblingsvideospiele beschäftigt, damit der Junge sich von seiner Großmutter ablenken kann."

Als sie Jake vom Camp abgeholt hatten, hatte Jared dem kleinen Jungen auf einfühlsame Weise erklärt, dass seine Großmutter zumindest für eine kurze Zeit nicht zu Hause sein würde. Die meiste Zeit hatte Jake aufmerksam zugehört und es nur gewagt, ein paar grundlegende Fragen über Krankenhäuser und Marys Verletzungen zu stellen. Aber als sie für die Heimfahrt ins Auto gestiegen waren, hatte Jake geschwiegen. Das hatte entweder bedeutet, dass er mit der Situation im Reinen oder völlig verzweifelt war, und sie hatte keine Ahnung, was davon zutraf.

Zum Leidwesen aller hatte sich Jake, als sie das Auto am Jachthafen geparkt hatten, wenig beeindruckt von dem großen Boot gezeigt. Auch war sein Interesse an den Jetski oder an dem Vorschlag, mit dem kleinen Motorboot zu fahren, eher gering gewesen. Auch das Angeln hatte keinerlei Begeisterung geweckt. Eve hatte gedacht, dass jeder kleine Junge genetisch dazu veranlagt sei, schnell zu fahren, sich schmutzig zu machen und Würmer an den Haken zu hängen. Aber all ihre Erwartungen wurden durch Jakes ausdrucksloses Gesicht enttäuscht. Sie glaubte zwar, einen Hauch von Interesse in seinen Augen gesehen zu haben, als sie an der Brücke vorbeigelaufen waren, aber dann war Craig aufgetaucht und hatte von seiner aktuellen Herausforderung gesprochen – die Genehmigung für die Beleuchtung einer Strandszene in einer aktuellen Produktion zu erhalten –, und der kleine Junge war wieder in seinen früheren Zustand des Desinteresses zurückgefallen.

Kurz darauf bot Craig Jared und Jake eine Führung

über die Jacht an, und da sie bereits so viel über diese wusste wie ihr Bruder, entschied sie sich, mit Kyle in der Lounge zu bleiben, denn je weniger Leute daran teilnahmen, desto wahrscheinlicher war es, dass Jake und Jared etwas fanden, das sie verband. Etwas, das die nächsten Wochen für sie beide angenehmer machen würde.

„Hey, Mann!" Kyle richtete sich auf, als Jared den Raum betrat. „Lange nicht mehr gesehen."

Die beiden Männer umarmten einander und klopften sich gegenseitig auf den Rücken, was Eve daran erinnerte, wie nahe sich die beiden einst gestanden hatten, bevor Jared die Golden Creek übernommen hatte. Jahrelang hatten sie ausgiebig gefeiert und die Spitzenplätze auf den Listen der begehrtesten Junggesellen belegt. Ein guter Grund, warum sie sich nicht so einmischen sollte, und doch … Sie betrachtete die lächelnden Gesichter der beiden Männer. Sie schienen ruhiger und sesshaft geworden zu sein. Zumindest hoffte sie das.

„Ich glaube, ich brauche mehr Hilfe, als ich dachte." Jared drehte sich zu dem Sofa um, auf dem sie saß.

Das hörte Eve gar nicht gern. So unauffällig, wie es ihr möglich war, sah sie sich auf der Suche nach Jake um. „Was ist passiert?"

„Nichts." Er ließ sich auf den Stuhl neben ihr fallen. „Er redet mit dem Kapitän über die Maschinen."

„Er redet über Motoren?" Sie war sich nicht sicher, was sie mehr überraschte – dass Jake sich für die Schiffsmotoren interessierte oder dass er überhaupt redete.

Das Glas an seine Lippen haltend, zog Kyle eine Augenbraue hoch.

„Warum sollte der Kapitän ein kleines Kind langweilen, indem er mit ihm über Motoren spricht?"

„Jake wirkte alles andere als gelangweilt." Jared

lehnte sich zurück. „Wahrscheinlich, weil er den Kapitän etwas über nautische Meilen gefragt hat, und dann haben sich die beiden unterhalten, als wären sie alte Marinekameraden. Der Junge scheint sich wirklich gut mit Motoren auszukennen, oder er kann es sehr gut vortäuschen."

„Wirklich?" Das war nicht das, was Eve erwartet hatte. Schon gar nicht von einem Neunjährigen. „Ich bleibe lieber dabei, dass er Boote doch irgendwie mag." Denn die Alternative, dass er ein Verständnis für Schiffsmotoren nur vortäuschte und damit erste Anzeichen eines Betrügers an den Tag legte, war schlichtweg verrückt.

„Ich glaube", Jared seufzte kurz, „er mag alles, was mechanisch ist."

„Und warum brauchst du unsere Hilfe?"

Jared sah Kyle an. Er hatte fast vergessen, dass er erwähnt hatte, dass er Hilfe brauchte, als er zu ihnen in die Lounge gekommen war. Wenigstens hatte Eves Bruder genug Manieren, um nicht darauf hinzuweisen, dass seine vorherige Bemerkung höchstwahrscheinlich nur an sie gerichtet gewesen war und nicht an sie und Kyle. „Wenn jemand etwas über Ranches wissen will, bin ich der richtige Ansprechpartner." Er hielt inne und lächelte. „Und vielleicht auch über Autos. Aber Technik? Nicht wirklich."

„Hast du *Autos* gesagt?" Kyles Augen leuchteten auf einmal.

„Er besitzt einen Porsche GT-3 RS."

Kyle lächelte und nickte. „Gute Wahl."

„Das finde ich auch." Jared lächelte ebenfalls.

„Im College hast du immer nur den Ranch-Pickup gefahren."

Jared zuckte lässig mit den Schultern. „Der war praktisch fürs Einkaufen."

„Wartet mal, ihr beiden!" Eve wedelte mit der

Hand zwischen den beiden hin und her. „Kommen wir zurück zum Wichtigen. Warum bist du nicht bei Jake, und was ist mit Craig passiert?"

„Craig musste einen wichtigen Anruf entgegennehmen, und die Kapitänskabine ist kleiner, als man denkt. Mir wurde gesagt, dass es keinen Platz für mich gäbe und dass Craig Jake hierherbringen würde, wenn er mit seiner Tour fertig ist."

„Für Craig war noch Platz, aber für dich nicht?" Das ergab für sie keinen Sinn.

„Nein. Craig lehnt sich gerade über die Reling, schreit jemanden wegen eines Budgets an und verschiebt seinen Rückflug zum Drehort. Ich habe überlegt, ob ich vor der Kabinentür auf ihn warten soll, aber ich wollte ihn nicht bei seinem Gespräch stören."

„Craig hätte den Anruf woanders entgegennehmen sollen."

„Mag sein. Er murmelte etwas von dem schlechten Empfang auf der Jacht, bevor er uns den Rücken zudrehte."

Das stimmte, das wusste sie. Ihr Mobiltelefon funktionierte auf diesem Boot nur selten.

Das Telefon der Gegensprechanlage summte, und Kyle nahm ab. „Ja … äh … danke."

Es gab nichts Besseres, als einem Mann der wenigen Worte zu lauschen.

„Das war der Kapitän. Er sagte, dass Craig den Jungen ins Spielzimmer gebracht hat. Er schlug vor, dass wir uns ihnen an Deck anschließen."

Craig war wirklich der Geschickteste im Umgang mit Kindern. Die Lounge war für Erwachsene ideal, allerdings nicht für einen kleinen Jungen. Sie richtete sich auf, griff nach ihrer Cola und lächelte die beiden Männer an. „Sollen wir gehen?"

„Es hat keinen Sinn, dem Erschießungskommando auszuweichen." Jared lächelte, um seine Worte abzumildern. Sie wusste, dass er scherzte, und doch schien ein Hauch von Aufrichtigkeit in seinen Worten zu liegen. Er trank den letzten Schluck seines Tees in einem Zug aus und stand auf.

„Ich glaube nicht, dass es so schlimm sein wird." Kyle klopfte seinem einstigen Party-Mitstreiter auf die Schulter. „Ihr werdet euch schon aneinander gewöhnen, und ehe ihr euch verseht, wird Mary wieder zu Hause sein und alles wird gut."

Oh, wie sehr hoffte er, dass Eves Bruder recht hatte! Denn er hatte keinen blassen Schimmer von Kindererziehung.

KAPITEL ELF

Trotz des Gefühls der Ruhe und Gelassenheit, das ein Tag auf einem der Familienboote normalerweise mit sich brachte, war sie nervös. Noch bevor sie Jake im Camp abgeholt hatten, hatte sich der heutige Tag angefühlt, als würde man auf Eierschalen laufen. Jeder Schritt war sorgfältig durchdacht und ausgeführt worden. Sie wusste, dass es Jared genauso ging, denn er hielt ihre Hand fest umklammert, als sie zum Spielzimmer der Jacht gingen.

Er beugte sich vor und flüsterte: „Danke."

„Gern geschehen." Sie drückte seine Hand und lächelte dann zu ihm hoch. „Was habe ich getan?"

Zum ersten Mal an diesem Tag lachte er und lächelte sie aufrichtig an. Es war diesmal kein aufgesetztes Lächeln, um Jake zu beruhigen, sondern eines, das aus seinem Herzen kam. Es bildeten sich kleine Fältchen in seinen äußeren Augenwinkeln, und seine dunkelblauen Augen funkelten vor Freude. „Du bist einfach nur du. Und du bist hier."

„Ich wüsste keinen Ort, an dem ich lieber wäre."

Jetzt drückte er wieder ihre Hand und zog sie noch ein Stückchen näher zu sich heran. Er schaute kurz über seine Schulter zu ihrem Bruder Kyle, der hinter ihnen war, und seufzte schwer. Ob es an seiner Sorge um den jungen Jake lag oder daran, dass er ebenfalls das starke Bedürfnis nach einem Kuss verspürte, wusste sie nicht.

„Warum habt ihr so lange gebraucht?" Craig saß

Jake gegenüber, Spielkarten in der Hand, eine tiefe Furche zwischen den Brauen.

„So lange haben wir nicht gebraucht." Kyle durchquerte den Raum und zog die Vorhänge weiter auf, um mehr Licht hereinzulassen.

„Was macht ihr denn alle hier oben?" Addison, Kyles Frau, betrat das Spielzimmer mit einem strahlenden Lächeln. Sie widmete sich sofort ihrem Gatten und gab ihm mit einer liebevollen, aber diskreten Umarmung einen kurzen Kuss auf die Wange, aber nicht bevor Eves Bruder seine Frau zärtlich angesehen hatte. Die Bewunderung in seinem Blick ließ Eve vor Neid beinahe in Ohnmacht fallen.

Als ob er ihre Gedanken lesen könnte, drückte Jared ihre Hand erneut. Die Wärme, die sie durchströmte, ließ sie zufrieden lächeln und brachte ihre Wangen zum Erröten.

„Wir spielen Karten." Craig wandte den Blick nicht von den Spielkarten in seiner Hand ab.

„Ich liebe Kartenspiele!" Addison löste sich von ihrem Mann, ließ sich auf einen leeren Stuhl fallen und lächelte Jake an. „Wen haben wir denn da?"

Der Junge konzentrierte sich auf seine Karten und blieb still.

„Das ist Jake, der Enkel meiner Haushälterin Mary." Jared schenkte ihr ein schmallippiges Lächeln.

„Schön, dich kennenzulernen, Jake." Addison wartete einen Moment, bis der Junge etwas sagte, und wandte sich dann an Craig. „Was spielen wir? Rommé."

Craig schüttelte den Kopf. „Poker."

„Poker?", riefen sowohl Eve als auch Jared. Ihre Stimme war ein wenig lauter gewesen, als sie beabsichtigt hatte. Ihre Empfindungen spiegelten sich in Jareds entsetztem Tonfall wider.

„Ich erhöhe um zwei." Craig machte sich nicht die

Mühe, zu jemandem aufzublicken. Er war so auf seine Hand konzentriert, dass man glauben könnte, sie würden in einem Meisterschaftsspiel gegeneinander antreten.

Jake kritzelte etwas auf einen Notizblock neben sich und legte sein ganzes Haus vor sich auf den Tisch.

„Wie zum Teufel machst du das nur immer wieder?" Craig legte seinen Drilling auf den Tisch. „Bei wie viel bin ich?"

Jake schaute nicht einmal auf den Zettel, sondern verkündete selbstbewusst: „Zweihundertzwölf Dollar."

„Wir haben euch doch gar nicht so lange allein gelassen!" Jared ließ Eves Hand los und ging langsam zum Kartentisch. „Wie hast du so schnell so viel verloren?"

„Er ist kein kleiner Junge." Craig sammelte die Karten ein. „Er ist ein Kartenhai in Kinderkleidung."

Kyle zog einen Stuhl neben seiner Frau hervor. „Du bist einfach ein lausiger Kartenspieler. Gib mir die Karten!"

„Moment mal!" Eve wedelte mit den Händen vor sich, bevor sie anklagend auf ihren Bruder deutete. „Du hast ihm das Pokerspielen beigebracht?"

Craig mischte die Karten und schüttelte den Kopf. „Nö. Es war die Idee des Jungen."

Eve schaute in Jakes Richtung und bemerkte, dass er bereits die Karten abhob. *Nun ja.*

„Wo hast du denn Pokern gelernt?" Jared stand hinter Jake.

„Von meiner Großmutter", waren die ersten Worte, die der kleine Junge zu Jared sagte, seit er die Gangway betreten hatte.

„Mary hat es dir beigebracht?" Die Überraschung in Jareds Blick wäre für jeden Fremden offensichtlich gewesen.

Jake nickte, und nachdem alle ihren Einsatz geleistet hatten, wartete er, bis alle fünf Karten vor ihm lagen, bevor er sein Blatt betrachtete. Einen Moment lang sah er viel älter aus. Seine Großmutter hatte ihn offenbar viel gelehrt.

Einer nach dem anderen, erst Jared, dann Eve, dann Paige, kurz nachdem sie an Bord gekommen war, schlossen sich dem Spiel an. Fasziniert beobachtete Eve, wie Jake ein Blatt nach dem anderen gewann. Bei jedem Einsatz oder Ausstieg war es, als wüsste er genau, welche Karten die anderen Spieler hatten. Einmal sah sie sich sogar im Raum um, ob es irgendwelche Spiegel gab, die Jake helfen konnten. Nichts.

„Der macht mich noch arm!" Paige stieß sich vom Tisch ab. „Ich glaube, ich warte, bis ihr alle zurück in die Lounge geht." Ihre Halbschwester lachte und stand auf.

Jared drehte sein Handgelenk und sah auf seine Uhr. „Wir sollten wahrscheinlich bald zurück zur Ranch fahren."

„Das ist eine gute Idee", stimmte Eve zu.

„Hat der Junge morgen Schule oder irgendein Camp?" Craig blickte von seinen Karten auf.

Jared schüttelte den Kopf.

„Ihr solltet heute Nacht alle auf dem Schiff bleiben. Dann gewinne ich vielleicht etwas von meinem Geld zurück."

Aus dem Notizblock, den Jake bei sich trug, konnte Eve ersehen, dass Craig über einen Tausender in den Jungen investiert hatte. Erstaunlich.

„Können wir bleiben?" Zum ersten Mal an diesem Nachmittag wandte Jake seine Aufmerksamkeit vom Spiel ab und schaute Jared eindringlich und flehend an. Dieser eine Blick reichte und sie wusste, dass es gut war, dass Jared das Sagen hatte, denn sie würde diesen Rehaugen wahrscheinlich alles geben, was sie verlangten.

„Vielleicht ein anderes Mal. Ich habe keine Kleidung zum Wechseln mitgebracht."

„Keine Sorge." Kyle füllte Jakes Limonade nach. „Wir haben jede Menge Ersatzkleidung für eine solche Gelegenheit. Du wärst erstaunt, wie viele unerwartete Gäste vorbeikommen, wenn man ein Boot oder ein Strandhaus besitzt."

Der Junge wandte den Kopf von Kyle wieder zu Jared und lächelte ihn strahlend an – das erste Lächeln, das sie überhaupt bei ihm gesehen hatte. „Können wir bleiben?"

Jared schaute kurz in Eves Richtung. Wenn er auf ihre Meinung warten sollte, konnte er sich auf eine lange Wartezeit gefasst machen. Sie betrachtete es als eine Gnade Gottes, dass sie und ihre Geschwister trotz ihrer gestörten Eltern mehr oder weniger normal waren. Bei dem Vorbild, das ihre Eltern gegeben hatten, wollte sie nicht die Art von Fehlern machen, die für Jakes Therapierechnungen verantwortlich sein würden, wenn er erwachsen war. Sie zuckte lässig mit einer Schulter, und Jake nickte ihr zu. „Ich glaube schon."

Sie konnte nicht für Jared sprechen, aber das breite Grinsen auf dem Gesicht des Jungen brachte Eve definitiv dazu, ebenfalls zu lächeln.

Inzwischen hatte sich Mitch zusammen mit seinem Cousin Devlin dem Clan angeschlossen.

„Bleiben alle über Nacht?" Jared beugte sich vor, sodass niemand anderes es hören konnte.

Sie warf einen Blick auf ihre Uhr und nickte. „Da es schon so spät ist, ja."

„Was haben wir denn da?" Mitch küsste seine Schwester Paige auf die Wange und kam dann um den Tisch herum, um das Gleiche bei Eve zu tun. Als er sich auf die Karten in Jakes Händen konzentrierte, drehte er sich wieder zu Eve und runzelte die Stirn.

Sie zuckte mit den Schultern. „Craig ist bis jetzt

der größte Verlierer."

„Wie bitte?" Craig schaute kurz zu seinem Bruder. „Das Glück des Jungen muss sich irgendwann wenden."

Eve beobachtete Jake aufmerksam und war sich nicht sicher, ob Glück etwas damit zu tun hatte.

Innerhalb weniger Stunden hatte Jared durch Beobachtung mehr über Jake gelernt, als er jemals von Mary hätte erfahren können. Bei den wenigen Gelegenheiten, bei denen sie über ihren Enkel gesprochen hatte, war er als süßer und ruhiger Junge beschrieben worden, und obwohl er sich in der Schule zu quälen schien, war sie furchtbar stolz auf ihn. Jared konnte nicht genau sagen, was es war, aber etwas passte nicht zusammen.

„Wenn ihr mich kurz entschuldigt, ich muss in der Ranch anrufen und der Köchin sagen, dass wir nicht nach Hause kommen. Sie wollte einen Kuchen für Jake backen."

Eve nickte ihm zu. Ihrem Blick nach zu urteilen, stellte sie sich die gleichen Fragen wie er.

Sein Gespräch mit der Köchin war kurz und bündig gewesen. Das Gästezimmer gegenüber von Jared war bereit für Jake. Die Köchin und ihr Mann, die in einem anderen Haus auf dem Land der Golds lebten, hatten einige Dinge aus Jakes Zimmer in das Haus der Familie gebracht, damit er sich dort wohler fühlen konnte. Er hätte selbst daran denken sollen, aber er war dankbar, dass so viele Menschen hinter ihm standen.

„Und wie sieht der Plan jetzt aus?" Während er unter Deck mit der Köchin telefoniert hatte, hatten sich Eve und ein paar der Erwachsenen nach draußen begeben. Jared ließ sich auf einen Liegestuhl neben Eve fallen.

„Wir lassen uns das Abendessen hier oben servieren.“

„Ja.“ Paige nickte Jared zu. „Craig hat herausgefunden, dass Pizza Jakes Lieblingsessen ist.“

„Also bestellen wir Pizza?“, fragte Jared.

Eve schüttelte den Kopf. „Die Küche hat einen Pizzaofen.“

„So, so.“ Er fragte sich, ob alle Jachten mit Pizzaöfen ausgestattet waren. Aus irgendeinem verrückten Grund hatte er immer gedacht, eine Schiffsküche wäre klein und kompakt im Vergleich zu der opulenten Ausstattung eines Bootes dieser Größe. Jetzt wusste er mit Sicherheit, dass keine Küche mit einem Pizzaofen Streichholzschachtelgröße haben würde.

„Das ist vielleicht ein Kind!“ Devlin kam auf das Deck, und sein Cousin Mitch folgte ihm.

Jared schaute über dessen Schulter und erwartete, Craig und Jake hinter ihnen zu sehen.

„Sie sind zu Schach übergegangen.“ Mitch setzte sich an den Terrassentisch.

„Schach?“

Devlin nickte. „Craig musste schließlich eine Toilettenpause einlegen und wollte nicht, dass man das Spiel ohne ihn fortsetzt.“

„Ich dachte, er spielt nur mit dem Salz- und dem Pfefferstreuer.“ Addison setzte sich zu Mitch an den Tisch. „Ich dachte, er wäre einfach ein ruhiges Kind, das sich allein beschäftigt.“

„Ich glaube, ich kann dir nicht folgen.“ Eve blickte zu Jared, bevor sie ihre Schwägerin wieder ansah.

„Offenbar“, Addison zog einen Stuhl heran, um ihre Füße daraufzulegen, „hat er die Salz- und Pfefferstreuer als Schachfiguren benutzt.“

„Wie hast du das herausgefunden?“ Egal, wie sehr

Jared diese Information in seinem Kopf hin und her wälzte, er konnte sich nicht vorstellen, dass das Spielen mit Gewürzfläschchen mit Schach gleichzusetzen war. Vielleicht lag es aber auch daran, dass er die Strategie hinter einer Schachpartie noch nie beherrscht hatte.

„Habe ich nicht." Addison deutete mit dem Daumen über ihre Schulter.

„Sondern ich." Mitch trank genüsslich von seinem Bier.

Eve runzelte die Stirn. „*Du?*"

„Schau nicht so überrascht drein! Ich habe zwar viel zu tun, aber ich weiß noch, wie man spielt. Ich gebe zu, dass ich ein paar Minuten gebraucht habe, um den Zusammenhang zu erkennen. Aber nachdem ich ihn eine Weile beobachtet hatte, wurde mir klar, dass es ein Muster gibt." Mitch zuckte mit den Schultern. „Also habe ich ein Schachspiel aus dem Schrank geholt, und jetzt spielen der Junge und Craig Schach."

„Du meinst, Craig hat es aufgegeben, sein Geld zurückgewinnen zu wollen?" Paige lachte leise.

„Das habe ich nicht gesagt. Ich glaube, ich habe etwas von doppelt oder nichts gehört, als ich sie am Schachbrett zurückließ."

„Wusstest du, dass er Schach spielen kann?" Eve beugte sich zu Jared.

Dieser schüttelte den Kopf. „Zugegeben, ich weiß im Moment verdammt wenig, aber das könnte einiges erklären."

„Was denn?"

„Mary erwähnte mehr als einmal, dass er sich in der Schule schwertut. Ich nahm an, dass er nicht sehr intelligent sei und mit dem Unterricht nicht zurechtkäme. Als ich vorhin mit der Köchin sprach, erwähnte sie, dass sie mit ihm neue Schulkleidung gekauft hatte. Offenbar hoffte sie, dass ein Einkauf ohne seine Großmutter ihm helfen würde, sich besser einzufügen und Freunde zu finden. Sie hat mir erklärt, dass seine Noten ziemlich gut sind."

„Also", Eve lehnte sich wieder zurück, „ist sein Problem nicht der Unterricht, sondern die Eingliederung. Er ist eigentlich ein sehr kluger Junge."

„Das sollte keine große Überraschung sein", sagte Mitch. „Ich glaube, dass er gewinnt, weil sein Verstand wie ein Computer funktioniert. Er kann Karten zählen. Und wenn der Junge kein Genie sein sollte, dann zumindest nah dran."

Jared wusste mittlerweile ohne jeden Zweifel, dass ihm das alles über den Kopf wuchs. Vor dem heutigen Tag hatte er lediglich gehofft, dass Mary aufwachen und alles wieder normal werden würde. In diesem Moment würde er viel Geld dafür bezahlen, dass sie sich aufsetzte und ihm sagte, was er tun sollte. Er konnte nicht umhin, sich zu fragen, ob sie überhaupt wusste, wie klug ihr Enkel war. Er hatte keine Ahnung, was er mit all diesen neuen Informationen anfangen sollte, und betete inständig, Mary würde die Augen öffnen und ihm sagen, wie er Jake gegenüber handeln sollte.

KAPITEL ZWÖLF

Normalerweise schlief Eve gerne auf der *Baroness*. Auch wenn man das Schaukeln des Bootes nicht wirklich spüren konnte, hatte sie immer das Gefühl, dass ihr Unterbewusstsein wusste, dass es sie in den Schlaf wiegte. Doch noch nie hatte sie sich so oft hin und her gewälzt wie in der vergangenen Nacht. Heute Morgen war sie noch müder als zu dem Zeitpunkt, an dem sie ins Bett gegangen war.

Ein Klopfen an ihrer Kabinentür erinnerte sie daran, dass sie zu spät zum Frühstück kommen würde. „Bin gleich da!"

Jared riss die Tür auf. „Jake verschlingt gerade das Frühstück. Anscheinend ist French Toast sein Lieblingsessen."

„Toll. Tut mir leid, dass ich so spät dran bin. Ich konnte einfach nicht richtig schlafen."

„Du bist nicht zu spät dran. Die anderen trudeln gerade erst im Esszimmer ein. Wie jedes Kind ist Jake ein Frühaufsteher und kann essen wie ein Pferd."

Sie schlüpfte in einen Schuh und zog dann hüpfend den anderen an. „Ich sollte mich besser beeilen. Was macht Jake denn jetzt?"

„Er und Mitch spielen Schach. Paige hält Craig im Esszimmer · fest, um ihn davon abzuhalten, weiter Karten zu spielen. Ich weiß nicht, wer hier das Kind ist, Craig oder Jake."

„Er will sein Geld zurückgewinnen?“ Das Konkurrenzdenken war tief in den Barons verankert.

„Ich glaube, es geht mehr um das Prinzip des Gewinnens und Verlierens als um das eigentliche Geld. Vor allem, da er von einem Neunjährigen abgezockt wurde.“

Sie nickte. Das stimmte wahrscheinlich. Craig konnte es sich leisten, deutlich mehr als tausend Dollar zu verlieren. Außerdem war sie sich ziemlich sicher, dass Jared dem Jungen Craigs Geld ohnehin nicht überlassen würde. Sie richtete sich auf, atmete aus und lächelte. „Ich bin so weit. Wie lautet der Plan?“

„Ich halte es für das Beste, wenn wir heute Morgen zurückfahren. Ich möchte, dass Jake sich im Haupthaus eingewöhnt. Und ich will verhindern, dass er noch mehr von Craigs Geld gewinnt.“

„Okay.“ Ihr Herz zog sich leicht zusammen. Sie hatte gehofft, dass sie heute mehr Zeit miteinander verbringen würden und war dafür extra über Nacht geblieben. Vorhin hatte sie Isabel eine Nachricht geschickt, um ihr mitzuteilen, dass sie nicht kommen würde.

„Äh …“ Er betrat ihre Kabine. „Ich hatte gehofft, du würdest mit uns zurückkommen. Du weißt schon, um mir zu helfen, die Probleme mit Jake zu lösen.“

Es gefiel ihr zwar, dass er wollte, dass sie mitkam, aber sie hatte keine Ahnung, was sie bezüglich Jake tun sollte. „Natürlich werde ich dir helfen, aber ich weiß nicht, ob ich mehr als du über den Umgang mit neunjährigen Jungen weiß. Wahrscheinlich sogar noch weniger, da ich noch nie ein kleiner Junge war.“

Der letzte Satz brachte Jared zum Lachen. „Nein, warst du nicht, aber wenn Mitch mit seiner Vermutung, dass Jake Karten zählen und vorhersagen kann, recht hat, ist er wahnsinnig schlau.“

„Sieht so aus.“

„Aber Naturwissenschaften und Mathematik waren noch nie meine Stärke. Du hingegen hast doch sicher einen Abschluss in, was, Chemie? Physik? Mathematik?"

Vielleicht war jetzt nicht der richtige Zeitpunkt zu erwähnen, dass sie sowohl in Chemie, in Ingenieurwesen als auch in Informatik promoviert hatte. „So etwas in der Art."

„Dachte ich mir schon. Willst du dich uns anschließen?"

In Wahrheit hatte sie keine Ahnung, ob es das Beste war, mitzukommen, aber zur Ranch zurückzufahren, ergab genauso viel Sinn wie alles andere. „Sobald ich mir eine Tasse Kaffee und ein paar Proteine besorgt habe, verschwinden wir von hier."

Er trat näher, strich über ihre Arme und verschränkte seine Finger mit ihren. Dann drückte er ihre Hände und beugte sich vor, um ihr langsam und zärtlich einen Kuss auf die Lippen zu geben. Nachdem er wieder zurückgewichen war, sagte er: „Danke."

„Da bist du ja!" Mit der Gabel in der Hand lächelte Paige ihre Schwester an, als sie und Jared das Esszimmer betraten. „Ich habe mich schon gefragt, ob du den Tag verschlafen wolltest."

„Es ist erst neun Uhr morgens." Eve ließ sich neben Craig nieder, der gerade eine Ladung French Toast vertilgte. „Ich esse nur schnell einen Happen, und dann fahren wir zurück zur Ranch."

Die Gabel halb im Mund hielt Craig inne und blickte in Jareds Richtung. Dieser nickte, und ihr Bruder widmete sich etwas weniger enthusiastisch seinem Essen.

Nach dem Frühstück, vielen Umarmungen und Einwänden, dass ein weiterer Tag auf der *Baroness* doch sicher Spaß machen würde, auch wenn es Craig ein kleines Vermögen kosten würde, machten sie sich auf den Weg zurück zur friedlichen Ranch.

Während der gesamten Fahrt zum Haus saß Jake ruhig auf dem Rücksitz und spielte mit seinem Tablet. Ab und zu drehte sich Eve zu ihm um. In ihrem Kopf tauchten Erinnerungen an einige ihrer Psychologiekurse auf, die besagt hatten, dass Kinder nicht zu viel Zeit am Bildschirm verbringen sollten. Es kostete sie viel Selbstbeherrschung, nicht ständig mit ihrem eigenen Handy herumzuspielen. Auf der Ranch galt die Regel, dass Handys verstaut sein mussten, was ihrem Vorhaben sehr entgegenkam. Sie würde mit Jared darüber sprechen müssen. Eventuell hingen die mangelnden sozialen Fähigkeiten des armen Jungen damit zusammen, wie viel Zeit er mit dem Training seines Gehirns statt mit anderen Kindern verbrachte.

Als der Wagen unter dem schmiedeeisernen Torbogen der Golden Creek Ranch hindurchfuhr, schaute sie noch einmal auf den Rücksitz. Jake betrachtete gerade das Haus und lächelte beinahe. „Wann werde ich Grandma wiedersehen?"

War das nicht die Millionen-Dollar-Frage?

„Sie schläft noch, damit ihr Körper heilen kann." Jared begegnete dem Blick des Jungen im Rückspiegel. „Sobald du dich im Haus eingelebt hast, frage ich bei den Ärzten nach, ob wir sie besuchen können."

Der Junge nickte, lächelte aber nicht. Er zuckte nicht einmal mit der Wimper, sondern widmete sich wieder seinem Tablet, ohne in irgendeiner Weise erahnen zu lassen, was er dachte.

„Home sweet home." Jared setzte ein breites Grinsen auf, aber Eve hatte ihn schon gut genug kennengelernt, um zu merken, dass es erzwungen war. „Ich hole das Gepäck aus dem Kofferraum."

Sie trat neben Jared an die offene Heckklappe, als Jake aus dem Auto stieg, ohne von seinem Tablet aufzublicken. „Glaubst du, er ist immer so still?"

Jared atmete tief ein und langsam wieder aus und schüttelte den Kopf. „Ich habe keinen blassen Schimmer. Ich wünschte, ich wüsste es.“

Sie wusste genau, wie er sich fühlte. Eve war sehr gut in dem, was sie tat. Die Barons zeichneten sich in ihren jeweiligen Berufen und sogar in ihren Hobbys aus, aber erst jetzt wurde ihr bewusst, wie verdammt wenig sie über Kinder wusste.

Die Haustür wurde aufgerissen, und die Köchin stand im Türrahmen. Mit einem strahlenden Lächeln im Gesicht und weit ausgebreiteten Armen ging sie die Treppe hinunter und nahm Jake in die Arme, als wäre er ihr Enkel und nicht der von Mary. „Willkommen zu Hause! Ich habe deine Lieblings-Erdnussbuttercreme-Kekse gebacken.“

Jake drückte sie fest, kniff die Augen zusammen und schien den Trost zu genießen, den diese lächelnde Frau ihm schenkte.

Als er endlich losließ, trat die Köchin einen Schritt zurück. „Nur zwei Wochen im Camp, und du bist schon so gewachsen!“

Eve musste sich ein Grinsen verkneifen, als Jake die Augen verdrehte. Irgendetwas sagte ihr, dass der kleine Junge mit dieser Redeweise vertraut war.

„Hattest du viel Spaß?“ Die Köchin legte einen Arm um die Schultern des Jungen und stupste ihn in Richtung Haus. „Ich wette, die Lagerfeuer waren toll unter all den Sternen.“

Jake zuckte unverbindlich mit den Schultern.

„Und die Marshmallows? Ich wette, die waren nicht so gut wie meine.“

Diesmal lächelte Jake und schüttelte, immer noch an ihre Seite geschmiegt, den Kopf.

Die ältere Dame unterhielt sich noch immer mit dem Jungen, als sie über die Schwelle traten und in der Küche verschwanden. Vielleicht ging es für Jake schon wieder aufwärts. Zumindest hoffte Eve das.

Nachdem er Jakes Tasche in seinem neuen Zimmer abgestellt hatte, nahm sich Jared eine Minute Zeit, um sich umzusehen. Die Köchin hatte gute Arbeit geleistet und das Gästezimmer wie den Raum eines kleinen Jungen aussehen lassen. Trotzdem kamen ihm ein paar Dinge seltsam vor, vor allem das Fehlen von traditionellem Spielzeug. Im Zimmer des neunjährigen Jared hatten Sportgeräte und einige Transformer oder Power Ranger gestanden. In Jakes neuem Zimmer gab es Puzzles mit 1.000 Teilen und Bücher, allerdings keine Kinderbücher, sondern solche, die Jared erst in der Highschool oder sogar im College in die Hand genommen hatte. Darüber hinaus standen ein paar beeindruckende Modelle herum. Er wettete darauf, dass Jake einmal ein hervorragender Ingenieur werden würde.

„Was denkst du?" Eve stellte sich neben ihn und legte eine Hand auf seinen Unterarm.

„Ich bin mehr denn je davon überzeugt, dass dieser Junge eher etwas für dich ist als für mich."

Sie runzelte die Stirn. „Wie meinst du das?"

Er deutete auf die Holz- und Lego-Modelle. „Wir haben Mathe vermutet, und jetzt füge ich auch noch Naturwissenschaften hinzu."

Zu seiner Überraschung widersprach Eve seiner Aussage nicht sofort. Stattdessen nahm sie die Gegenstände, von denen er annahm, dass sie aus Marys Wohnung stammten, in Augenschein und nickte langsam. „Ja. Er ist ein ganz besonderes Kind. Und entgegen deiner Vermutung glaube ich, dass wir *beide* nicht in seiner Liga spielen."

Sie gingen in die Küche, wo Jake fröhlich Kekse aß und auf seinem Tablet herumspielte – zumindest nahm Jared an, dass er spielte. Vielleicht erforschte er auch gerade ein Heilmittel gegen Krebs oder entwarf eine Rakete für den Mars. Wie oft war er in genau dieser Situation an Jake vorbeigelaufen und hatte sich nie die Zeit genommen zu fragen, was der Junge da eigentlich tat? „Ich muss nach den Pferden sehen. Willst du mitkommen?" Er hatte keine Ahnung, warum er gefragt hatte, aber er konnte sich des Eindrucks nicht erwehren, dass der Junge, obwohl er gerade erst aus dem Camp zurückkam, mehr draußen sein sollte. Das Beste an Jareds Kindheit waren Dreck, Schlamm, Bäche und Pferde gewesen.

Jake riss den Kopf hoch, öffnete leicht den Mund und nickte aufgeregt.

Das brachte Jared zum Lächeln. „Wenn du deine Kekse aufgegessen hast, komm einfach in die Scheune."

Dass Jake erneut nickte, überraschte Jared nicht. Aber zu sehen, wie er sich einen ganzen Keks in den Mund schob und von seinem Stuhl aufsprang, verwunderte ihn maßlos.

Eve kicherte leise hinter seiner Schulter. „Ich glaube, du hast das im Griff. Wenn es dir nichts ausmacht, mache ich es mir im Wohnzimmer mit meinem Laptop gemütlich und versuche, ein bisschen zu arbeiten."

Das ergab Sinn. Sosehr ihm der Gedanke gefiel, Eve ständig um sich zu haben, konnte er doch nicht einfach davon ausgehen, dass sie immer da sein würde, wenn er sie brauchte. „Danke."

Sie lächelte ihn strahlend an. „Kein Problem."

„Also …" Jared hielt dem Jungen die Hintertür auf und hoffte, dass er die richtige Entscheidung getroffen hatte, Jake zu bitten, ihn zu begleiten. Etwas zu spät begann sein Verstand all die Gründe durchzuspielen, warum eine Scheune mit ausgewachsenen Pferden ein gefährlicher Ort für ein Kind sein konnte, das keine Erfahrung mit Pferden hatte. „Magst du Pferde?"

Die Frage war offensichtlich eine größere Herausforderung für ihn als Mathe oder Naturwissenschaften, denn er brauchte etwas länger als sonst, um zu nicken.

„Gut." Jared blieb stehen, nahm ein paar Apfelkekse aus einem Behälter und reichte sie Jake. „Steck die in deine Taschen."

Jake beobachtete schweigend, wie Jared sich ein paar Minuten mit seinem Vorarbeiter unterhielt, bevor er Sugar aus ihrer Box holte und sie zum Bürsten in die Anbindehaltung brachte.

Er schnappte sich zwei Eimer und stellte einen vor Jake ab. Dann erklärte er ihm, wie man das Fell und die Hufe des schönen Tieres pflegte, und hielt hier und da inne, um der Stute beruhigende Worte zuzuflüstern.

Jakes Blick war fest auf das Pferd gerichtet, während Jared mit ihm sprach. „Glaubst du, sie versteht dich?"

Jared lächelte. „Auf jeden Fall, und lass dir von niemandem etwas anderes einreden."

Der Junge nickte und schien die Worte zu bedenken. Schließlich folgte er Jareds fürsorglichem Beispiel.

„Denk daran, etwas seitlich zu stehen, damit das Pferd dich sehen kann. Du willst es nicht erschrecken und von einem starken, schmerzhaften Tritt an einer unangenehmen Stelle überrascht werden."

„Wurdest du jemals getreten?"

„Oh, ja." Er grinste den Jungen an und wurde mit dem ersten strahlenden Lächeln von Jake belohnt. „Es gibt keinen Rancher auf diesem Planeten, der nicht ein paar Lektionen auf die harte Tour gelernt hat."

Wieder nickte Jake und half weiter, Sugar vorsichtig zu bürsten. Nachdem er die Hufe des Pferdes geputzt hatte, zeigte Jared Jake, wie man dem schönen Tier ein Leckerli gibt. „Jetzt ist es an der Zeit, sie mit den Keksen in deiner Tasche zu belohnen." Er wartete darauf, dass Jake das Leckerli mit Karottengeschmack herausholte. „Achte darauf, dass du deine Hand flach und sie dann unter ihre Nase hältst."

Als Sugars Lippen seine Handfläche kitzelten, sah Jake zu Jared auf, mit einem Lächeln im Gesicht und einem Funkeln in den Augen.

Als sie mit Sugar fertig waren und zu Pepper übergingen, hatten Jake und Jared ein unerwartetes Verhältnis zueinander aufgebaut. Der Junge stellte zahlreiche Fragen. Solche, die Jared überrumpelten, da er sie von einem anderen Rancher erwartet hätte, aber nicht von einem kleinen Jungen. Aber am besten gefiel ihm das Lächeln und Lachen. Sowohl seine als auch die von Jake. Besonders, als der kleine Junge in Jake beim Anblick eines Kätzchens zum Vorschein kam. Seine Augen leuchteten auf, und er ging auf die Katze zu, hielt dann aber inne.

„Misty, eine unserer Scheunenkatzen, hat vor ein paar Wochen einen Wurf gehabt."

Jake starrte das Kätzchen an, neben dem nun ein Geschwisterchen stand.

„Wenn du willst, spiel mit ihnen."

Der Junge drehte den Kopf zu Jared, und seine Augen funkelten nun vor Aufregung.

„Trau dich!" Das war das Erste, was Jared das Kind tun sah, das ihn tatsächlich an einen kleinen Jungen und nicht an einen kleinen Erwachsenen erinnerte.

Der Junge lief mit voller Geschwindigkeit los, und innerhalb weniger Minuten war er von verspielten, hüpfenden Kätzchen umgeben, während sich die Katzenmama gemütlich im Sonnenlicht der Tür ausstreckte. Nach ein paar weiteren Minuten waren die Kätzchen überall verstreut, kletterten auf den Heuballen herum, und Jake jagte ihnen hinterher wie ein richtiges Kind. Die ganze Szene brachte Jared zum Lächeln. Er hatte noch nie darüber nachgedacht, eine eigene Familie zu gründen. Bestimmt würde er eines Tages heiraten und eine Familie haben, aber *eines Tages* war ein schwer fassbarer Zeitpunkt, der wenig mit dem Hier und Jetzt zu tun hatte.

Plötzlich erfüllte Freude seine Brust. Freude, diesem aufgeweckten Kind dabei zuzusehen, wie es sich an den einfachsten Dingen des Lebens erfreute. Er konnte sich nicht vorstellen, wie er sich fühlen würde, wenn dies tatsächlich sein Sohn wäre und nicht nur ein Junge, der vorübergehend in seiner Obhut war. Plötzlich verstand er noch mehr als zuvor, warum die Arbeit von Leuten wie seiner Mutter und Eve so wichtig für den Kreislauf des Lebens war. Er hatte vor, in ein paar Wochen nach West Texas zu fahren, um sich ein paar Pferde anzuschauen. Vielleicht würde er das vorverlegen, mit Jake einen kleinen Roadtrip machen. Wie viele Jungen und Mädchen gab es auf dieser Welt, deren Leben durch eine kurze Woche auf einer Ranch mit Pferden und Kätzchen eine Wende erfahren könnte? Vielleicht sollte er sich auch ein paar Ziegen zulegen. Oder Hühner.

Er schüttelte den Kopf. Vielleicht sollte er sich auf das beschränken, was er kannte – Pferde, Rinder und Katzen im Stall.

„Du siehst ganz schön nachdenklich aus." Wie ein Engel, der vom Himmel geschickt worden war, weil er an sie gedacht hatte, erschien Eve in der sonnenbeschienenen Tür.

„Hey!" Er verzichtete auf die üblichen Höflichkeiten. In diesem Moment, vor dem Hintergrund der goldenen Sonne, war sie unwiderstehlich. Er machte zwei lange Schritte auf sie zu, nahm sie in die Arme und küsste sie mit all den Gefühlen, die sein Herz erfüllten. Plötzlich wurde ihm klar, dass sein *eines Tages* gerade mit seinem Hier und Jetzt kollidiert war.

„Stanley, nein!", rief eine kindliche Stimme in der Ferne.

Zögernd zog er sich von Eve zurück und fragte sich in seinem kussberauschten Nebel, wer Stanley war.

Während er sie noch in den Armen hielt, versteifte Eve sich und machte große Augen. Allerdings nicht vor Freude, sondern vor Angst.

Als er sich umdrehte, hörte er Eve im selben Moment Jakes Namen schreien, als sein Blick auf dem kleinen Jungen landete, der ein Kätzchen zum Dachboden hinaufjagte. Wie in Zeitlupe verlor Jake den Halt und fiel, mit den Armen fuchtelnd, nach unten. Jareds Herz wäre vor Schreck beinahe stehen geblieben. Ganz gleich, wie schnell er losrannte, das klatschende Geräusch des weichen Kindes, das auf dem harten Boden landete, und der weitere schrille Schrei aus Eves Mund waren nicht aufzuhalten. Lieber Gott, nicht schon wieder!

KAPITEL DREIZEHN

Türen wurden zugeschlagen, und so ziemlich jeder, der in Rufweite war, rannte in die Scheune. Eve eilte zu Jake, nur einen Schritt hinter Jared.

„Was ist passiert?", rief die Köchin, die neben ihnen zum Stehen kam. Sie riss die Augen auf und bedeckte den Mund mit den Händen.

Jared zog sich bereits das Hemd aus und drückte es auf die Wunde an Jakes Schläfe, aus der dunkelrotes Blut strömte.

Eve erinnerte sich daran, dass Kopfwunden immer bluteten, sehr sogar. Sie versuchte sich einzureden, dass alles in Ordnung war, dass Jake jeden Moment die Augen öffnen und alles gut werden würde, aber sie konnte die Panik, die in ihr aufstieg, in ihrem Mund schmecken. „Ich rufe den Notarzt."

„Keine Zeit." Jared blickte zur Köchin auf. Sie hatte die Hände ineinander verschränkt, während ihre Lippen ein leises, aber beständiges Gebet murmelten.

Randy, der Vorarbeiter, hatte es noch nicht ganz in die Scheune geschafft, als er sich umdrehte und Jared über die Schulter rief: „Ich hole den Truck!"

„Wenn wir ihn selbst transportieren wollen", Eve umfasste die Hand des Kindes, „sollten wir ihn auf einem Brett stabilisieren, für den Fall, dass …" Sie holte langsam Luft und kämpfte gegen die drohenden

Tränen an. „Für den Fall, dass er schwerere Verletzungen hat."

Jared nickte. „In der Sattelkammer gibt es ein paar Ersatzbretter."

„Ich werde eines holen." Die Köchin rannte durch die Scheune und öffnete eine Tür.

Als sie mit einem geeigneten, mit einer Pferdedecke bedeckten Brett wieder auftauchte, lenkte der Vorarbeiter gerade den Truck in die Scheune und sprang heraus. „Nur einer von uns sollte hinten bei ihm mitfahren."

„Ich werde mitfahren." Eve richtete sich auf, während Jared und Randy Jake vorsichtig auf das Brett und dann auf die Ladefläche des Trucks legten.

„Hier ist noch eine Decke." Die Köchin reichte sie Eve. „Wickeln Sie ihn darin ein. Das wird ihn hoffentlich davon abhalten, sich zu bewegen."

„Danke." Eve nahm die Decke entgegen und legte sie um das furchtbar blasse und immer noch bewusstlose Kind.

„Wir fahren besser beide hinten mit. Es wird eine holprige Fahrt werden." Jared wandte sich an seinen Vorarbeiter: „Du fährst. Und lass es ruhig angehen, bis wir die Hauptstraße erreichen."

Jareds Hemd war von Jakes Blut durchtränkt, aber der Blutfluss schien langsam zu versiegen. Wenn der Junge nur aufwachen würde!

Trotz des Adrenalinstoßes, der immer noch durch ihre Adern floss, machte ihr Verstand Salti bei den vielen Gedanken, die ihr durch den Kopf gingen. Immer wieder kam ihr in Zeitlupe der Sturz des kleinen Jungen vom Dachboden in den Sinn. Die lange Fahrt zum nächsten Krankenhaus gab Eve zu viel Zeit, um alle negativen Möglichkeiten in Betracht zu ziehen, von Rückenmark- bis hin zu Hirnverletzungen.

„Er wird wieder gesund werden." Behutsam umfasste Jake ihre Hand und drückte sie. Er sagte beruhigende Worte zu ihr, als hätte er gerade ihre Gedanken gelesen.

Randy fuhr etwas schneller auf den Krankenhausparkplatz, als er sollte, kam vor der Notaufnahme zum Stehen und sprang aus dem Truck. „Ich werde Hilfe holen."

Jared nickte, und Eve bemerkte, dass der ältere Mann genauso viel Angst hatte wie sie. Der typische Texaner bewegte sich normalerweise langsam und gemächlich. Aber Randy rannte schneller in das Gebäude als ein Sportler, der das dritte Baseballfeld umrundet und auf dem Weg zur Homebase war.

Obwohl die Blutung scheinbar aufgehört hatte, wagte Jared nicht, den Druck auf die Wunde zu mindern. Eve stieg hinten aus dem Pick-up und ließ die Heckklappe herunter, als das Personal von drinnen mit einer Trage zum Truck eilte. Randy war dicht hinter ihnen und sprang zurück auf den Fahrersitz. Hoffentlich kam Jake bald wieder zu sich!

Eve und Jared folgten dem Team. Randy rief ihnen zu: „Ich parke und fahre zurück!"

„Die Rezeption braucht Informationen von Ihnen."

Sie wusste nicht, wer gesprochen hatte, da sie immer noch auf Jakes reglosen Körper starrte. Aber sie vermutete, dass es dieselbe Person war, die jetzt auf zwei Frauen deutete, die auf der anderen Seite eines langen Tresens an Computern saßen.

Eine weitere Krankenschwester kam herbeigeeilt und sagte nach einem kurzen Blick auf Eve: „Sie warten besser hier."

Jared ging langsamer und schaute vom Empfangsschalter auf der linken Seite zur Trage, die vor ihm im Flur verschwand.

„Ich bin mir sicher, dass sie uns Bescheid sagen,

sobald sie wissen, was mit ihm los ist." Eigentlich wollte sie lieber sofort wissen, woran sie waren. Aber am liebsten wäre ihr, wenn der kleine Junge aufsprang, aus der Tür gerannt kam und Aprilscherze machte. Aber das war mitten im August nicht möglich. Alles, woran sie jetzt denken konnte, war, was würden sie Mary sagen, wenn dem kleinen Kartenspieler etwas Ernsthaftes zugestoßen sein sollte?

Ohne den Blick von ihrem Bildschirm abzuwenden, tippte die Frau hinter dem Schreibtisch auf der Tastatur herum und murmelte beiläufig: „Ich bin gleich bei Ihnen."

Jared nickte. Normalerweise hätte er auch gebrummt, aber er fühlte sich wie betäubt. Warum hatte er nicht besser aufgepasst?

„Da haben wir's!" Die Frau lächelte und sagte zu Jared: „Ich brauche ein paar grundlegende Informationen. Wie ist der Name Ihres Sohnes?"

„Jake Harlow. Und er ist nicht mein Sohn."

Die Frau kniff die Augen zusammen und wandte sich an Eve: „Sind Sie seine Mutter?"

Eve umfasste Jareds Hand und schüttelte den Kopf.

Jetzt runzelte die Empfangsdame die Stirn. „Sind Sie sein Vormund?"

„Nicht ganz."

Das Stirnrunzeln verschwand schließlich und ihre Brauen hoben sich. „Definieren Sie *nicht ganz*."

„Seine Großmutter ist sein Vormund."

„Ich verstehe. Und wo ist diese Großmutter?"

„Im fünften Stock."

„Oh, sie arbeitet also hier." Ein erleichtertes Lächeln erschien auf dem Gesicht der Frau.

„Nein. Sie ist eine Patientin auf der Intensivstation.“

Das Stirnrunzeln kehrte zurück. „In Ordnung. Bitte beantworten Sie mir noch ein paar Fragen.“

In den nächsten Minuten gab Jared der Frau die wenigen Informationen, die er hatte. Er wusste, dass der Junge bei Mary versichert war, weil er für die Police bezahlt hatte, aber er konnte der Frau nur den Namen des Versicherungsunternehmens nennen. Er hatte auch keine Ahnung, wie Jakes Sozialversicherungsnummer lautete, was sein genaues Geburtsdatum war oder ob er gegen irgendwelche Medikamente allergisch war. Abgesehen von seinem vollständigen Namen und seiner Adresse konnte Jared nur wenig anbieten.

„Ich bin gleich wieder da.“ Die Empfangsdame stand auf und eilte durch eine Doppeltür.

„Houston, ich glaube, wir haben ein Problem.“ Er starrte auf die Türen, durch die die Frau gegangen war, und hielt Eves Hand weiterhin fest.

„Wir dürften uns noch keinen Ärger eingehandelt haben, aber ich rufe den Gouverneur an. Nur für den Fall.“

Jared nickte. Er hatte das unbeirrbare Gefühl, dass dies einer der Fälle sein könnte, in denen es wichtig war, wen man kannte. Und der Gouverneur war eine einflussreiche Person.

„Das wird nicht nötig sein“, grollte die tiefe Stimme von Eves Großvater hinter ihm.

Der Gouverneur hatte das Gebäude nicht nur betreten, als wäre er ein Brigadegeneral, der seine Truppen organisiert, sondern ebendiese Truppen folgten ihm auch durch die Tür.

„Ich habe den Gouverneur angerufen, bevor wir das Haus verlassen haben. Ich dachte, er würde wissen wollen, was los ist.“ Gott segne die Köchin! Die Frau war klein, aber wie Mary hatte sie ein großes Herz und wusste immer, was zu tun war.

„Geht es dir gut, Liebes?" Lila Baron trat neben ihre Enkelin.

„Um mich mache ich mir keine Sorgen." Eve ließ seine Hand nicht los, aber ihr Blick wanderte in die Richtung, in der die Trage verschwunden war.

„Kinder sind widerstandsfähig."

Er wagte nicht, das Erste zu sagen, was ihm in den Sinn kam: *aber nicht unsterblich.*

„Wir sollten uns lieber setzen. Ich werde versuchen herauszufinden, was hier los ist." Der Gouverneur deutete in Richtung des Warteraums und sah sich um. Kopfschüttelnd zückte er sein Handy.

Jared hatte keine Ahnung, wen der Mann anrief, als dieser sich entfernte. Alles, was er sehen konnte, war, dass er finster dreinschaute und nickte.

Nach einer weiteren Minute kehrte die Frau hinter dem Empfangstresen an ihren Platz zurück, und eine Krankenschwester folgte ihr auf dem Fuße. „Mr. Gold?"

Jared sprang auf und eilte zu ihr. „Das bin ich."

Der Gouverneur kam näher, sein Handy immer noch ans Ohr gedrückt, aber seine Aufmerksamkeit war eindeutig auf das gerichtet, was die Krankenschwester sagen wollte.

„Der Junge ist bei Bewusstsein."

Er konnte hören, wie jede Person im Wartezimmer erleichtert aufatmete. Ein Großteil der Anspannung, die sich zwischen seinen Schultern festgesetzt hatte und seinen Nacken hinaufgezogen war, fiel von ihm ab.

„Wir werden einige Tests durchführen, um sicherzustellen, dass es keine inneren Verletzungen gibt, keine Hirnblutungen …"

Seine Gedanken konzentrierten sich auf das Wort *Hirnblutungen.*

„Das Problem", fuhr sie fort, „ist, dass Sie nicht sein Vormund sind. Wir behandeln ihn natürlich unter Notfallbedingungen, aber wenn wir keine Genehmigung von der Person bekommen, die gesetzlich für ihn verantwortlich ist, müssen wir das Jugendamt einschalten, bevor er entlassen werden kann."

Obwohl er ruhig nickte, wusste er genau, worauf sie hinauswollte. Und er wusste auch, dass diese Erlaubnis nur langsam erteilt werden würde, wenn Mary nicht unerwartet aufwachte.

Der Gouverneur kniff die Augen zusammen, und als die Frau wieder hinter den Doppeltüren verschwand, wandte er sich erneut dem Flur zu, um sein Gespräch fortzusetzen.

„Was jetzt?", flüsterte Eve.

„Ich habe keine Ahnung." Aber er war sich sicher, dass Nichtstun nicht infrage kam. Der Vorteil, eine der größeren Ranches in diesem Teil des Staates und einen Vater zu haben, der sich besser mit Unternehmen auskannte als mit der Viehzucht, bestand darin, dass die Familie zahlreiche gute Anwälte hatte. Jetzt musste er nur noch den richtigen finden.

Er zückte sein Handy und scrollte durch seine Kontakte, als der Gouverneur eine Hand auf Jareds Arm legte. „Ich habe den Ball ins Rollen gebracht."

Natürlich hatte Jared keine Ahnung, was der Gouverneur im Schilde führte, aber er wusste, dass der Mann mehr Verbindungen hatte als der Allmächtige selbst. Fürs Erste würde er abwarten, wie sich die Dinge entwickelten, aber um Jakes willen hoffte er, dass die Realität nicht so düster sein würde wie seine schlimmsten Befürchtungen.

KAPITEL VIERZEHN

Eve dachte an Jake, der ganz allein in einem Krankenzimmer lag, und beugte sich über den Tresen. „Können wir jetzt zu ihm gehen?"

Die Empfangsdame blickte verwirrt drein und schien hin- und hergerissen zu sein.

Der Gouverneur trat neben seine Enkelin. „Das Kind ist wahrscheinlich sehr verwirrt von all den Fremden."

„Ja, ich verstehe, aber nur direkte Verwandte dürfen hinein."

„Wir sind die direktesten Verwandten, die er momentan hat." Jared starrte die Frau an.

„Ich, äh, verstehe, aber …" Sie schüttelte den Kopf. „Ich stelle die Regeln nicht auf."

„Ja." Der Gouverneur lächelte dieses wissende Grinsen, das Eve nur zu gut kannte. Ihr Großvater hatte etwas ausgeheckt, da war sie sich sicher.

„James." Ein großer Mann mit ergrautem Haar kam auf ihn zu, einen Arm ausgestreckt. „Ich bin so froh, dass ich zufällig an meinem Schreibtisch war."

„Ja, Ed." Der Gouverneur lächelte den Mann an. „Wie besprochen, wollen meine Enkelin und mein Nachbar bei dem verletzten Jungen sein."

„Ja. Ich habe schon auf der Krankenstation nachgefragt. Er wurde zur Computertomografie gebracht. Ich begleite dich zurück in die Notaufnahme und ihr könnt dort auf ihn warten."

Die junge Dame hinter dem Schreibtisch starrte den Mann mit großen Augen an, als sei er splitternackt und spreche Marsianisch, wagte aber nicht zu protestieren, als die vier ihrem Großvater durch die Doppeltür in ein kleines Untersuchungszimmer folgten.

Es war lange her, dass Eve eine Notaufnahme von innen gesehen hatte, und es überraschte sie, dass es sich um einen privaten Raum handelte.

Der Gouverneur bedeutete Lila, sich auf den einzigen freien Stuhl zu setzen.

„Ich werde noch ein paar Stühle holen." Ed machte auf dem Absatz kehrt.

„Danke." Der Gouverneur nickte.

Als der Mann außer Sichtweite war, wandte sich Eve an ihren Großvater. „Wer genau ist das?"

„Ed Barker ist Vorsitzender des Verwaltungsrats des Krankenhauses."

Sie hätte es wissen müssen. „Also ist jetzt alles in Ordnung?"

Der Gouverneur sah zu ihr, dann zu Jared. „Vorläufig schon."

Das gefiel ihr nicht.

„Haben Sie Verbindungen zum Sozialdienst?" Jareds Tonfall war fast schon neckisch.

Wieder grinste der Gouverneur wissend. „Ich arbeite daran."

Und das war nur einer der Gründe, warum Eve so viele Wohltätigkeitsveranstaltungen durchführte. Ein Baron zu sein, hatte in dieser Welt Vorteile, zu denen nicht jeder Zugang hatte. Es war ihre Aufgabe, dafür zu sorgen, dass das Leben derjenigen, die keinen ehemaligen Gouverneur als Großvater hatten, einigermaßen reibungslos verlief.

Ein Pfleger erschien mit zwei stapelbaren Stühlen, und einen Moment später kam eine weitere Person mit einem weiteren Stuhl herein. Nachdem alle Platz genommen hatten, konnten sie nur noch warten.

Kurz darauf hörte man die Räder eines Krankenhausbetts den Flur hinunterrollen. Eve freute sich, dass sie die Beine wieder durchstrecken konnte, und erhob sich, als Jake in den Raum gebracht wurde. Eine Krankenschwester schloss ihn an einen kleinen Monitor an, und da war er nun.

„Wie fühlst du dich?", fragte Jared.

„Mein Kopf tut weh."

„Darauf wette ich. Das war ein ganz schön heftiger Sturz."

Jake runzelte die Stirn. „Es tut mir leid. Grandma sagt mir immer, ich soll aufpassen."

„Unfälle passieren", beruhigte Jared ihn. „Wir sind froh, dass es dir gut geht."

„Grandma hat mir gesagt, dass Klettern nicht sicher sei."

Er sah äußerst besorgt aus, was Eve sofort aufgefallen war. Und nach dem Ausdruck in Jareds Gesicht zu urteilen, hatte er es auch bemerkt.

„Man muss sich genau überlegen, wo man klettert", sagte er. „Und wie. Es gibt eine Leiter zum Heuboden, die viel trittsicherer ist als Heustapel."

„Bei dem Kätzchen sah es so einfach aus."

Jared zuckte mit den Schultern. „Katzen sind ganz schön trittsicher. Sie können auf so ziemlich alles klettern und landen immer auf ihren Pfoten."

„Das liegt daran, dass sie einen Aufrichtungsreflex haben, der zum Teil darauf zurückzuführen ist, dass sie mehr Wirbel haben als Menschen. Dieser Reflex ermöglicht es ihnen, sich in der Luft zu drehen und aufzurichten. Natürlich liegt es auch an ihrem Gleichgewichtsapparat im Innenohr, der ihnen hilft, zwischen oben und unten zu unterscheiden und das Gleichgewicht auch in der Luft zu halten."

Die Antwort brachte Jared zum Lächeln. Als er

sich zu Eve umdrehte, wusste sie, dass sie beide das Gleiche dachten. Keiner von ihnen brauchte die Ergebnisse der Computertomografie, um zu wissen, dass der Junge bald gesund werden würde. Obwohl sie gerne wüsste, was der beunruhigte Ausdruck vorhin zu bedeuten hatte.

„Entschuldigen Sie." Die Köchin klopfte an den Türrahmen. „Der nette Mann sagte, ich könne mich selbst davon überzeugen, dass unser junger Mann topfit ist."

Jakes Augen funkelten. Offenbar hing der kleine Junge genauso an der Köchin wie an seiner eigenen Großmutter.

„Meine Güte, siehst du gut aus!" Sie umarmte ihn unbeholfen und küsste vorsichtig die unverletzte Seite seines Kopfes. „Wie viele Stiche?"

Jake murmelte: „Vierundzwanzig."

Die Kinnlade der Köchin klappte nach unten. „Ach, du liebe Zeit! Das ist der Grund, warum deine Großmutter nicht will, dass du auf der Ranch herumläufst. Es ist ein gefährlicher Ort für einen kleinen Jungen."

Jared dachte über ihre Worte nach. Kein Wunder, dass der Junge immer in der Küche oder bei seiner Großmutter abhing. Es war jedem Idioten klar, dass das Kind überdurchschnittlich intelligent war, zumindest für einen jungen Menschen in seinem Alter, aber jetzt ergab sein mangelndes Interesse an den Dingen, die einen kleinen Jungen normalerweise ansprechen würden, mehr Sinn. Seine Großmutter hatte in ihrem Bestreben, das letzte Mitglied ihrer Familie zu schützen, seine kindliche Neugierde im Zaum gehalten.

„Wow, hier sind wirklich ganz schön viele Leute!" Die Ärztin blickte auf all die Menschen, die in dem kleinen Raum herumstanden.

„Gibt es etwas Neues?"

Die große, schlanke Brünette, die nicht ganz alt genug war, um seine Mutter sein zu können, nickte. „Die Computertomografie zeigt keine Hirnblutungen, keine Schwellungen, keine inneren Schäden. Was wir hier haben, ist ein harter Kopf und eine leichte Gehirnerschütterung."

„Warum war er so lange bewusstlos?", fragte Jared.

Die Ärztin zuckte mit den Schultern. „Keine Ahnung, aber denken Sie daran, dass eine Gehirnerschütterung keine Kleinigkeit ist. Aus diesem Grund werden wir ihn über Nacht zur Beobachtung hierbehalten. Wenn alles wie erwartet verläuft, kann er morgen entlassen werden."

Jared wünschte sich wirklich, dass die Worte der Ärztin mehr Trost spendeten, aber die Frau sah nicht glücklicher über Jakes Zustand aus als er selbst. Er war über vieles, was heute geschehen war, verunsichert. „Wir werden froh sein, wenn wir ihn nach Hause bringen können."

„Ja, also, was das angeht …" Die Ärztin schaute verlegen zu Boden. „Wir haben den Sozialdienst informiert, dass das Kind keinen gesetzlichen Vormund hat. Es sollte vor morgen früh jemand vorbeikommen, um eine Unterbringung zu veranlassen."

„Unterbringung?" Das unangenehme Kribbeln in Jareds Nacken breitete sich schnell in jeder Pore aus.

„Ja, ich fürchte, er muss in einer Pflegefamilie untergebracht werden, bis seine Großmutter das Sorgerecht wieder übernehmen kann."

„Das kann Monate dauern!", rief Eve auf einmal, bevor er etwas sagen konnte.

„Ich fürchte, das liegt nicht mehr in meiner Hand.

Das sind die Vorgaben hier im Krankenhaus." Die Ärztin trat einen Schritt zurück und lächelte unsicher. „Die Schwester wird bald zurückkommen und ihn in sein Zimmer bringen. Sie können ihn begleiten und ihm bei der Eingewöhnung helfen, aber Sie werden gehen müssen, wenn die Besuchszeit vorbei ist."

Jared nickte, aber all das gefiel ihm ganz und gar nicht.

Sobald die Frau die Tür hinter sich zugezogen hatte, wandte sich Lila Baron an ihren Mann. „James?"

„Ja, mein Schatz. Ich kümmere mich darum."

Das waren die vier willkommensten Worte in Jareds Ohren.

Obwohl Jared darauf bestanden hatte, dass alle nach Hause gingen, waren sie geblieben, bis Jake sich nicht nur in seinem neuen Zimmer eingerichtet, sondern auch zu essen bekommen hatte. Nach der Hälfte des Abendessens musste Jared die Köchin daran hindern, in die Küche zu gehen und ein – wie sie es nannte – *anständiges* Essen zu zaubern.

„Also wirklich!" Sie stemmte die Hände in die Hüften. „Wie soll jemand gesund werden, wenn er diesen Brei isst?"

Offenbar war eine Gehirnerschütterung ein Grund für eine Schonkost, aber das konnte man der Köchin nicht erklären.

Jetzt machte Jared sich Sorgen, was morgen passieren würde. Nicht, dass Sorgen irgendetwas bewirken würden, aber er durfte auf keinen Fall zulassen, dass das Jugendamt Jake in eine Pflegefamilie steckte, und schon gar nicht so lange, bis Mary wieder auf den Beinen war.

Eine Melodie aus einem Handy, die Jared nicht genau zuordnen konnte, ertönte, und alle drehten sich zum Gouverneur um, der etwas murmelte, das sich sehr nach *Zeit* anhörte. „Entschuldigt mich." Er hob einen Finger und verließ den Raum.

„Ich würde mir an Ihrer Stelle keine Sorgen machen." Lila Baron lächelte ihn an. „Es gibt niemanden, der sich besser um solche Dinge kümmern kann."

Jared hatte keine Ahnung, woher sie wusste, dass derjenige, mit dem der Gouverneur sprach, etwas mit seinem derzeitigen Dilemma zu tun hatte, aber er hoffte inständig, dass sie recht hatte und ihr Mann seinen umfassenden Bekanntenkreis nutzte, um das Problem der Vormundschaft zu lösen.

„Es ist vielleicht nicht der beste Zeitpunkt, es Ihnen zu sagen, aber da wir alle hier sind …" Lila warf einen kurzen Blick auf die geschlossene Tür mit der gedämpften Stimme ihres Mannes auf der anderen Seite. „Wie wir bei der neuen Wohltätigkeitsorganisation besprochen haben, müssen wir bald eine Spendenaktion durchführen, um die größer werdende Liste der Ausgaben auszugleichen."

Jared nickte. Bei all den Ablenkungen in dieser Woche hatte er nicht an die Spendenaktionen gedacht, die sie besprochen hatten.

„Nun, ich habe von mehreren Leuten Bescheid bekommen, und die erste Veranstaltung findet nächsten Samstag statt, sodass wir knapp zwei Wochen Zeit haben, uns vorzubereiten. Ich gehe davon aus, dass das ausreichen wird, um die Vorreiter-Hütte fertigzustellen."

Er hatte völlig vergessen, dass der Gouverneur einen Architekten beauftragt hatte, die Hütte für den öffentlichen Gebrauch umzugestalten. Er hatte die Barons mit ins Boot geholt, um die Dinge schneller voranzutreiben, da sein Zeitplan das nicht hergeben würde. Allerdings hatte er nicht bedacht, wie schnell eine Society-Lady und ein pensionierter Marine-Corps-Offizier, der zum Politiker geworden war, handeln konnten. Seit er einen Schritt zurückgetreten war, um den Gouverneur und seine Frau Lila den Ball ins Rollen bringen zu lassen, hatte er nicht mehr an den Umbau gedacht, der am Vortag begonnen hatte.

„Und natürlich", fuhr Lila fort, „etwas, mit dem man angeben kann, abgesehen von den Kindern auf dem Pferderücken. Haben Sie Lust auf einen Roadtrip, um ein paar neue Pferde zu besorgen?"

Er war sich nicht sicher, ob er in den nächsten zwei Wochen aus dem Bett kommen würde, geschweige denn, dass er die richtigen Pferde kaufen könnte. „Ich werde mit Connor reden. Mal sehen, was wir tun können. Ich vermute, Sie möchten die neuen Pferde vor der Spendenaktion hier haben?"

Lila Baron nickte. „Das wäre gut, aber kein Grund zum Aufgeben. Es wird einen kleinen Rummel geben, einen Streichelzoo und Ausritte für die Kinder — deshalb wären mehr Pferde gut. Die Erwachsenen werden mit reichlich frischer Blaubeerlimonade und dem Wein meiner Enkelin Paige bewirtet." Lilas Lächeln wurde breiter. „Natürlich spendet sie die Getränke für den guten Zweck, und wir alle wissen, wie viel freier die Leute mit ihrem Scheckbuch umgehen, wenn sie ein paar Gläser guten Wein getrunken haben."

Das Erste, was ihm durch den Kopf schoss, war die Frage, ob knapp zwei Wochen genug Zeit waren, um so etwas richtig durchzuziehen. Aber dann fiel ihm ein, mit wem er es zu tun hatte. Wenn es einen Menschen gab, der ein Projekt dieser Größenordnung so schnell durchziehen konnte, dann waren es Lila und James Baron. „Klingt gut."

„Damit wäre das geklärt." Der Gouverneur betrat

den Raum und schloss die Tür hinter sich.

Oh, wie sehr hoffte er, dass sich das auf das Problem mit der Vormundschaft bezog und nicht auf eine andere Familienangelegenheit, in die er nicht eingeweiht war.

Ein Grinsen breitete sich auf Lilas Gesicht aus. „Richter Clifford."

Der Gouverneur nickte, aber er lächelte nicht, runzelte nicht die Stirn und gab auch sonst keinen Hinweis darauf, ob das Ergebnis seines Gesprächs mit Richter Clifford gut oder schlecht war. Jareds Unbehagen musste ihm ins Gesicht geschrieben stehen, denn plötzlich spürte er, wie Eves Finger sich mit seinen verschränkten. Als er sich in ihre Richtung drehte, stellte er überrascht fest, dass sie den Raum durchquert hatte, ohne dass er es bemerkt hatte. Das süße Lächeln und der Druck ihrer Hand verrieten ihm, dass sie mehr Vertrauen in das hatte, was der Gouverneur sagen wollte, als er.

„Wir können davon ausgehen, dass wir seine Bescheinigung für die Vormundschaft erhalten, bevor der Vertreter des Sozialdienstes einen Parkplatz gefunden hat."

„Bescheinigung?", fragte die Köchin.

Wieder nickte der Gouverneur. „Normalerweise erfolgt die Ausstellung einer Notfall-Bescheinigung durch eine Anhörung. Es kann Wochen dauern, bis eine solche stattfindet. Etwas, das das Konzept des Notfalls völlig widerlegt, aber ich schweife ab. Abgesehen von meiner Empfehlung", der Gouverneur deutete in Jareds Richtung, „hat der Richter ein- oder zweimal mit Ihrem Vater Golf gespielt. Es bedurfte keiner großen Überredungskunst, um ihn davon zu überzeugen, dass Sie ein geeigneter Vormund sein würden. Mit der Hilfe Ihrer Köchin, versteht sich."

Die letzte Bemerkung ließ die Königin der Gold-

Küche von einem Ohr zum anderen grinsen. „Ich glaube, jetzt können wir nach Hause gehen und in Ruhe schlafen."

Die Köchin und Lila Baron standen im selben Moment auf, als die Schichtschwester in der Tür erschien. „Die Besuchszeit ist vorbei. Der junge Mann braucht seine Ruhe. Sie können gleich morgen früh wiederkommen."

Alle im Raum nickten zustimmend. Jared, der immer noch Eves Hand hielt, stand von seinem Platz an Jakes Bett auf und ließ sie nicht los, sondern griff mit seiner anderen Hand nach Jakes schmalen Fingern. „Schlaf gut! Morgen bringen wir dich nach Hause. Was hältst du davon?"

Jake nickte. „Kann ich dann etwas Bananenbrot haben?"

„Ich werde ein zusätzliches Brot für dich backen", versprach die immer noch lächelnde Köchin dem kleinen Jungen und zauberte ihm ein freudiges Grinsen ins Gesicht.

„Und was hältst du davon, mir morgen zu helfen?" Jared blieb noch einen Moment am Bett des Jungen.

„Du meinst in der Scheune?" Der Junge presste die Lippen aufeinander. „Ich glaube nicht, dass Grandma das gefallen würde."

Jared nickte, aber es gefiel ihm nicht. Wozu wuchs er auf einer Ranch auf, wenn er nie etwas von dem tun konnte, was den meisten Kindern Spaß machte? Ob es Mary gefiel oder nicht, es war an der Zeit, dass das Kind etwas aus sich herauskam. Und Jared war genau der richtige Mann für diese Mission.

KAPITEL FÜNFZEHN

Zur Arbeit zu gehen, war vielleicht keine so gute Idee gewesen. Nachdem Eve und Jared gestern Abend das Krankenhaus verlassen hatten, überlegten sie auf der kurzen Autofahrt nach Hause, was sie am nächsten Tag tun könnten. Jared hatte damit gerechnet, mehrere Stunden beim Jugendamt wegen der Vormundschaft zu vergeuden, und er hatte das Eve nicht antun wollen. Also saß sie hier und tat so, als würde sie arbeiten, während sie auf Jareds Anruf wartete.

„Du tust es schon wieder." Isabel stand in der Tür.

Sofort konzentrierte sich Eve auf die Arbeit, die vor ihr lag. „Was tue ich denn?"

„Herumsitzen und an etwas anderes denken."

Es hatte keinen Sinn, weiter so zu tun, als ob. Sie warf ihren Stift hin und rollte sich auf ihrem Drehstuhl von ihrem Arbeitsplatz weg. „Ich hätte heute nicht kommen, sondern direkt ins Krankenhaus fahren sollen."

Isabel riss die Augen auf und stürzte ins Zimmer. „Was ist passiert? Ist alles in Ordnung mit dir? Ist etwas gebrochen? Hast du Schmerzen? Soll ich den Wagen holen und dich mitnehmen?"

„Ganz langsam!" Eve versuchte, ihre Mitarbeiterin und Freundin zu beruhigen. „Es geht nicht um mich."

„O nein! Die Frau im Krankenhaus? Sie hat nicht überlebt?"

Eve schüttelte den Kopf. „Sie hält sich immer noch wacker. Diesmal ist das Mündel meines Nachbarn vom Heuboden gefallen und ohnmächtig geworden."

„Oh!", machte Isabel und legte eine Hand auf ihre Brust. „Wie geht es ihm?"

Eve zuckte mit den Schultern. „Leichte Gehirnerschütterung, aber das Krankenhaus hat ihn über Nacht zur Beobachtung behalten."

„Nun, das ist gut. Kinder sind erstaunlich widerstandsfähig. Sie fallen schon seit Generationen von Bäumen und Heuböden."

„Das denke ich auch." Tief in ihrem Inneren wusste sie, dass Isabel recht hatte. Ihre eigenen Brüder hatten Bootsrennen, das Reiten auf Pferden, das Klettern auf Bäume und weitere Abenteuer in ihrer Kindheit überlebt, darunter auch das Überqueren des Dachs, um sich unbemerkt von den Eltern in die Scheune zu schleichen. Es war ein Wunder, dass Kyle sich nicht umgebracht hatte, als er heruntergefallen und auf dem Balkon der Südseite gelandet war. „Ich hasse es, nicht zu wissen, was vor sich geht."

„Dann geh!"

Eve starrte Isabel an.

„Warum schaust du so überrascht? Die Firma gehört doch dir. Du darfst tun, was du willst."

„Vielleicht."

„Von wegen *vielleicht*! Geh!" Isabel deutete auf die Tür. „Geh einfach!"

Eve nickte und griff in einer der Schubladen nach ihrer Handtasche. „Du hast recht. Ich melde mich später."

Sie hatte kaum zwei Schritte gemacht, als die Tür zum Labor aufschwang.

„Die nette Dame am Empfang sagte, es sei okay, reinzukommen. Mit Jake an seiner Seite stand Jared an der gleichen Stelle, an der Isabel vor einem Moment noch gestanden hatte. „Ist das in Ordnung?"

„Natürlich." Sie ließ ihre Handtasche auf den Tisch fallen und ging zu ihm. Sie freute sich, als Jared sich zu einer kurzen Berührung ihrer Lippen hinunterbeugte. „Es ist mir schwergefallen, mich auf die Arbeit zu konzentrieren."

„Es tut mir leid, ich hätte anrufen sollen. Ich dachte, es wäre schön, dich zu überraschen."

„Ist es auch. Das Wichtigste ist, dass es Jake gut genug ging, um entlassen zu werden."

Jake rührte sich nicht, aber sein interessierter Blick wanderte durch den Raum.

„Möchtest du es dir näher ansehen?", fragte sie.

Der Junge nickte begeistert.

Eve reichte ihm die Hand und führte ihn zu dem Projekt hinüber, an dem sie herumgebastelt hatte. Konzentriert nahm er die diversen Röhrchen und Fläschchen auf der Tischplatte in Augenschein.

„Mr. Gold sagte, dass Sie Parfüms machen?"

„Das stimmt." Eve lächelte und war überrascht, dass das Kind fasziniert zu sein schien. Die meisten Erwachsenen, vor allem Männer, hatten keine Ahnung, wie kompliziert es war, neue und ansprechende Düfte zu erfinden. Oder wie einfach es war, es zu versauen und ein Eau de Toilette zu kreieren, das nach verfaulten Eiern roch.

„Meine Großmutter sammelt Miniatur-Parfümflaschen."

„Wirklich?"

„Hauptsächlich Guerlin."

„Französische Parfüms?" Eve wusste nicht, was sie mehr überraschte, dass der Junge sich an den Namen des Lieblingsparfüms seiner Großmutter erinnerte oder dass er ihn perfekt aussprach.

„Sie hat noch ein paar andere französische Marken. Givenchy und Chanel, aber Guerlin mag sie am liebsten. Grandmas Vorstellung von einem perfekten Urlaub ist, eine Woche auf den Brocantes – den Flohmärkten – in Frankreich zu verbringen. Allerdings war sie schon eine Weile nicht mehr dort."

Eve musste sich daran erinnern, dass sie sich mit einem kleinen Kind unterhielt. Jeden Moment rechnete sie damit, dass er einen Vortrag über die Geschichte der Parfüms auf Französisch hielt. Sein Blick schweifte weiter zu den leeren Röhrchen auf dem Tresen.

„Glauben Sie, wir könnten für Grandmas Geburtstag ein Parfüm nur für sie herstellen? Sie liebt Flieder."

Ein Lächeln breitete sich auf ihrem Gesicht aus, und als Eve Jared ansah, bemerkte sie, dass auch er liebevoll lächelte, obwohl in seinen Augen ein Hauch von Verwirrung lag. Sie konnte es ihm nicht verdenken, Jake war ein seltsamer Junge. „Es wäre mir eine Freude, mit dir an einem besonderen Duft für deine Grandma zu arbeiten."

Das Gesicht des Jungen strahlte heller, als wenn sie ihm eine doppelte Kugel Schokoladeneis mit Streuseln angeboten hätte. Da fragte sie sich plötzlich, ob dieses geniale Kind überhaupt Eis mochte. Aber schon im nächsten Moment beugten sie sich über die Tischplatte und testeten verschiedene Düfte.

Von hinten sah Jared ihnen über die Schultern. Sein Gesichtsausdruck hätte nicht stolzer sein können, wenn das Kind seines gewesen wäre.

Zufrieden mit der Sorgfalt und Intensität, mit der Jake jedes ihrer Fläschchen untersuchte, wagte Eve es, einen Schritt zurückzutreten und leise zu Jared zu sagen: „Er scheint eine Begabung für das hier zu haben."

„Wirklich?"

„Es ist nicht selbstverständlich, dass Menschen wissen, welche Düfte gut zusammenpassen, und er scheint fast intuitiv gute Ideen zu haben."

Jared zuckte mit den Schultern. „Das überrascht mich eigentlich nicht. Ich frage mich langsam, ob der Junge nicht der klügste Mensch ist, den ich kenne. Weitere Anwesende natürlich ausgenommen."

Sie schüttelte den Kopf. „Danke, aber er ist vielleicht schlauer als wir beide zusammen."

Jake erinnerte sie an einen verrückten Wissenschaftler aus einem Zeichentrickfilm. Er bewegte sich zielsicher durchs Labor und prüfte die verschiedenen Möglichkeiten, bevor er mit neuen Fläschchen und Behältern an seinen Platz zurückkehrte. Es gefiel ihr, wie er konzentriert mit den Zutaten hantierte und bei einigen den Kopf schüttelte, um sie wieder an ihren Platz zu stellen, oder bei anderen nickte und die Tinkturen in seine Röhrchen gab.

„Es ist wirklich unglaublich, wie sehr er das genießt." Eve lachte leise. „Vielleicht sollte ich den Jungen einstellen."

Daraufhin lachte Jared aus vollem Herzen. „Dann müsstest du allerdings den Gouverneur dazu bringen, die Gesetze gegen Kinderarbeit aufzuheben."

Ihre nächsten Worte blieben ihr im Hals stecken, als sie das Zibet-Röhrchen in Jakes Hand entdeckte. Verdünntes Zibet verlieh einem Parfüm einen moschusartigen Geruch. Aber zu viel davon, und es würde wie in einem Katzenklo stinken. Dann sah sie es. Neben ihm auf dem Tisch standen mehrere Produkte, die nichts mit Parfüm, aber viel mit der Reinigung von Waschbecken zu tun hatten. Bevor sie reagieren konnte, hatte er eine ordentliche Menge mehrerer Produkte ins Röhrchen geschüttet. Sofort zischte die Tinktur und spie wie ein ausbrechender Vulkan eine Wolke von Aromen aus, neben denen ein Stinktier herrlich duften würde.

„O verdammt!" Jared sprang nach vorn, schnappte sich das Röhrchen und durchquerte den Raum mit der

Hälfte der Schritte, die Eve gebraucht hätte, um das Spülbecken zu erreichen. Er schüttete das Gebräu in den Abfluss und stellte das kalte Wasser an. „Verdammt, wie das stinkt!"

Eve drehte sich zu dem kleinen Jungen. „Du darfst Essig und Backpulver nicht mischen."

Mit großen Augen, die jede von Jareds Bewegungen verfolgt hatten, hob Jake das Kinn an, drehte den Kopf und starrte sie an. Ein Grinsen breitete sich auf seinem Gesicht aus. „Ich weiß."

Jared wusste nicht, ob er das Lachen, das sich in seinem Bauch regte, herauslassen oder den Jungen ohne Abendessen ins Bett schicken sollte. Der kleine Racker hatte also tatsächlich gewusst, dass er eine Stinkbombe zünden würde. Offensichtlich steckte zumindest ein wenig kindliche Verspieltheit in dem Jungen.

„Von jetzt an arbeitest du nicht mehr im Labor, wenn du durcheinander bist." Isabel stürmte in den Raum, die Gesichtsmaske fest aufgesetzt, und versprühte etwas, während ein anderer Mitarbeiter offene Schachteln mit irgendeinem Granulat verteilte.

„Danke, Izzy." Eve hielt sich die Hand vor den Mund und verbarg ein Grinsen.

„Ihr geht besser nach Hause und wascht euch. Und ihr solltet etwas von diesem Enzym mitnehmen, nachdem ihr das Auto vollgestunken habt."

Eve nahm Jake an die Hand und sagte zu Jared: „Lass uns von hier verschwinden. Sie haben alles unter Kontrolle."

„Was hat sie denn da versprüht?" Jared trat neben sie.

„Ein spezielles geruchsabsorbierendes Enzym. Es soll verhindern, dass sich der Gestank im gesamten Lüftungssystem ausbreitet."

„Wirklich?" Er war beeindruckt. So etwas hätte er gerne an heißen Tagen in den Ställen.

„Zumindest theoretisch. So einen Gestank hat noch niemand verursacht." Sie biss sich auf die Unterlippe und unterdrückte ein weiteres Grinsen. „Ich finde, wir sollten in einem Auto fahren, anstatt zwei zu verpesten."

Er nickte. „Ich wollte dich fragen, ob du den Nachmittag mit uns im Kemah-Vergnügungspark verbringen willst. Aber das müssen wir wohl auf einen anderen Tag verschieben."

„Einverstanden." Sie drückte den Klicker für ihr Auto. „Steigt ein, ich setze euch ab! Wir können dein Auto später holen."

„Nicht nötig. Ich schicke einen Rancharbeiter vorbei, der kann das tun." Er dachte über seine nächsten Worte nach. „Ich habe eine Idee, wenn du einverstanden bist."

Sie zog eine Augenbraue hoch. „Das klingt geheimnisvoll."

„Ist es nicht." Er lachte und schüttelte den Kopf. „Warum fahren wir nicht bei dir zu Hause vorbei und holen deine Badesachen? Ich glaube, es gibt eine bessere Möglichkeit, sich zu waschen."

Sie zögerte gerade so lange, dass er dachte, sie würde vielleicht Nein sagen, aber dann umspielte ein Lächeln ihre Mundwinkel und sie nickte begeistert. „Wir brauchen nicht zu mir zu fahren. Ich habe Badesachen auf der Ranch."

Als sie die Baron-Ranch erreicht hatten, stellte sie ihr Auto ab, damit die Angestellten es vom Gestank befreien konnten. Sie zogen sich Badesachen an und holten Handtücher. Mit einem der Geländewagen waren sie in wenigen Minuten an der Stelle, an der er in seiner Kindheit am liebsten gewesen war. „In manchen Jahren war das Schwimmloch trocken, aber als wir vor ein paar Jahren das Bewässerungssystem umgestaltet haben, habe ich dafür gesorgt, dass hier immer Wasser ist. Damals hielt mein Vater es für unsinnig, aber jetzt bin ich froh, dass ich darauf bestanden habe."

Er hatte eigentlich keine Ahnung, warum ihm das so wichtig erschienen war. Irgendwo tief in seinem Unterbewusstsein musste er an die Zeit gedacht haben, in der es wieder Kinder auf der Ranch geben würde. Dieser Gedanke weckte Visionen von munteren Kindern, die über die grüne, weite Ebene rannten, sich auf der gleichen Reifenschaukel wie er schwangen und neben den schattigen Eichen im Wasser planschten. Interessanterweise hatten diese imaginären Kinder Gesichter, die seinem und Eves ähnelten. Sein Verstand nahm diesen Gedanken auf und verfolgte ihn weiter. Als er im Schatten parkte, sah er vor seinem geistigen Auge plötzlich viele Kinder herumlaufen, außerdem Eve, die ihnen hinterherrannte, einige auslachte und andere zurechtwies. Er zweifelte nicht daran, dass sie eine tolle Mutter sein würde. Aber natürlich musste sie zuerst eine Ehefrau sein.

Diese Gedanken und Visionen hätten ihn eigentlich in die Flucht schlagen müssen, aber das taten sie nicht. Im Gegenteil, es wärmte ihn wie ein alter Brandy von Kopf bis Fuß. Eine Frau. *Seine* Frau. Vielleicht war er dabei, den Verstand zu verlieren. Niemand dachte an eine Ehe mit jemandem, den er erst seit ein paar Wochen kannte. *Oder*? Er betrachtete sie, wie sie die Decke ausbreitete, die die Köchin ihnen gegeben hatte, während er den Korb mit dem *anständigen* Mittagessen öffnete. Zweifellos ein königliches Festmahl. Der Wunsch, solche Tage mit seinen eigenen Kindern zu verbringen, hatte ihn gepackt und wollte ihn einfach nicht mehr loslassen. Vielleicht war nicht nur Jake von seinem Sturz erschüttert worden.

Mit vollen Bäuchen und ohne den Gestank der vorherigen Stinkbombe freute sich Jared, als das junge Genie dem kleinen Jungen Platz machte. Nach ein paar zaghaften Versuchen hatte Jake endlich seine Angst vor Verletzungen, die ihm seine Großmutter so konsequent eingeimpft hatte, überwunden und schwang sich von einem Seil ins Wasser, als hätte er das sein ganzes Leben lang getan. Er fing Frösche, grub Würmer aus und angelte etwas fürs Abendessen. Jared konnte sich nicht erinnern, den Jungen jemals so lange breit grinsen gesehen zu haben. Jake hatte sich schmutzig gemacht, war hingefallen, wieder aufgestanden und das Ganze hatte wieder von vorn begonnen. Allerdings fürchtete Jared nun, dass Mary nach Hause kommen und ihn umbringen würde, weil er ihrem Enkel die Angst genommen hatte. Tatsächlich wünschte er sich jedoch nichts sehnlicher, als dass Mary nach Hause kam, Punkt.

Eve nahm seine Hand, grinste Jake an, der einen zappeligen Wurm auf einen Haken legte, und sagte zu Jared: „Es wird schon gut gehen. Mary wird dich nicht umbringen." Woher sie wusste, was er dachte, war ihm ein Rätsel, aber er liebte sie dafür umso mehr. Dann grinste sie ihn schelmisch an und fügte hinzu: „Zumindest dieses Mal nicht."

KAPITEL SECHZEHN

Die nächsten Wochen waren so schnell vergangen, dass Eve keine Ahnung hatte, wie ihre Großeltern und Jared diese Benefizveranstaltung auf die Beine gestellt hatten. Irgendwo in seinem vollen Terminkalender hatte Jared ein paar Tage herausgequetscht, um mit Jake zu den Farraday-Ställen zu fahren und ein paar geeignete Pferde für das neue Programm auszusuchen. Seit ihrer Rückkehr hatte Jared jeden Tag genügend Zeit gefunden, um Jake zu zeigen, wie man ein Pferd pflegt, sattelt, aufsteigt und reitet. Mittlerweile beherrschte der Junge diese Aufgaben so gut, wie er das Mischen einer Stinkbombe gemeistert hatte.

Die anwesenden Menschen wuselten wie Ameisen umher, allerdings so geordnet wie bei einer der Militärparaden ihres Großvaters.

„Ich kann nicht glauben, dass das wirklich passiert!" Jared schlang einen Arm um ihre Taille, beugte sich zu ihr und küsste sie auf die Schläfe. „Wir haben so viele Spenden von Leuten erhalten, die deine Großeltern und meine Mutter eingeladen haben und die nicht kommen konnten, dass ich fast das Gefühl habe, dass wir das heute nicht machen müssten."

„Gut, dass du das *fast* hinzugefügt hast."

Er drehte sie herum und zog sie ganz in seine Arme. „Das wird so viel größer und besser, als ich es mir vorgestellt habe."

„Die Spendenaktion oder das Programm?"

„Beides."

„Jared!" Jake kam auf ihn zugelaufen. „Kann ich helfen, die Bänder an die Kälber zu binden? Tim sagte, ich muss dich erst fragen."

Jared ließ Eve los, trat einen Schritt zurück und kraulte Jakes Kopf. „Klar."

Der kleine Junge blickte in Richtung des Hauses. „Was ist mit Grandma?"

Jareds Blick folgte dem des kleinen Jungen bis zum Haus, wo Jakes Großmutter höchstwahrscheinlich in ihrem Rollstuhl saß und jede Bewegung vom Fenster des Gästezimmers aus beobachtete. „Es wird schon gut gehen. Geh schon!"

Der Junge rannte davon wie jedes andere kleine Kind.

„Glaubst du, dass alle Kinder, die hierherkommen, so wie Jake verwandelt werden?" Jared legte einen Arm um Eves Schulter, aber sein Blick blieb auf Jake gerichtet.

„Das hoffe ich sehr." Eve lehnte sich an ihn. „Ich habe immer gehört, dass Pferde hervorragende Therapietiere sind, aber ich habe nie bedacht, wie viel wir alle über Liebe und Verantwortung gelernt haben, während wir mit diesen herrlichen Tieren aufwuchsen."

Jared nickte zustimmend. „Das sehe ich auch so."

Hinter ihnen ertönte Händeklatschen, bevor Lila Baron lächelnd und freundlich Anweisungen gab: „Alle auf ihre Plätze! Unsere Gäste werden jeden Moment eintreffen."

Jared drehte sein Handgelenk und schaute auf seine Uhr. „Verdammt, der Morgen ist wie im Flug vergangen!"

Eves Blick wanderte von ihrer eigenen Uhr zu den diversen Ständen und Unterhaltungsangeboten. „Wo bist du stationiert?"

„Hüpfburg."

Auf ihrem Gesicht erstrahlte ein entzückendes Lächeln. „Stell dir vor, ich auch!"

„Hm, na so was! Hat nicht deine Großmutter den Arbeitsplan erstellt?", fragte Jared.

Eve nickte zustimmend und machte sich nicht die Mühe, ein Lachen zu unterdrücken. „Wir müssen den alten Song von Lola auf Lila umschreiben."

„Alten Song?"

„Du weißt schon, aus dem Baseball-Film: ‚Was Lila will, bekommt Lila.' Und meine Großmutter will Urenkel haben."

„Genau." Er schüttelte den Kopf und ging Hand in Hand mit ihr zu der Hüpfburg, die in der Nähe des Innenhofs neben dem Haupthaus aufgebaut war.

„Glaubst du, Mary schaut immer noch aus dem Fenster?" Eve öffnete die vordere Klappe des riesigen Gestells.

Jared schüttelte den Kopf und band die Klappe fest. „Nö. Wahrscheinlich streitet sie sich gerade mit der Krankenschwester, dass es nicht zu viel für sie ist, zu den Feierlichkeiten zu kommen."

„Ich bin immer noch überrascht, dass sie trotz der Einschätzung des Arztes, dass sie mindestens eine oder zwei Wochen brauchen würde, bevor sie in die Reha gehen könnte, nach sechs Tagen entlassen wurde."

„Fünf. Diese Frau ist wie eine Löwenmama. Egal, was passiert, sie kommt nach Hause, um nach ihrem Jungen zu sehen."

Die Familien strömten über das karnevalsähnliche Gelände. Alle Barons halfen an der einen oder anderen Stelle. Paige war in der Wurf-Abteilung, wo sie bereits auf dem Boden kniete und ein paar Kleinen zeigte, wie man Bälle auf Blechdosen wirft. Ihre Schwester hätte Grundschullehrerin werden sollen, anstatt Winzerin. Sie hatte die Geduld einer Heiligen.

„So müsst ihr es machen." Jared grinste von einem Ohr zum anderen und gab den beiden Kindern, die sich bereits in die Hüpfburg gestürzt hatten, Sicherheitsanweisungen, während Eve dafür sorgte, dass sie ihre Schuhe ordentlich abstellten. Jared deutete mit dem Kinn in Richtung des Hauses und schüttelte, immer noch lächelnd, den Kopf.

Und tatsächlich, Mary kam in ihrem glänzenden neuen Rollstuhl, der von ihrer Pflegerin geschoben wurde, über die grüne Wiese. Die Frau war wirklich einzigartig. Als Eve gehört hatte, dass Mary sich weigerte, in Reha zu gehen, war sie ein wenig besorgt gewesen. Lila Baron hatte ihrer Enkelin jedoch versichert, dass Mary zu Hause mit privater Physiotherapie besser betreut werden würde als in einer großen Einrichtung, in der die Krankenschwestern zu überlastet waren, um einer Patientin die Art von Pflege zukommen zu lassen, die sich die Familie wünschte. Was Marys Versicherung nicht abdeckte, übernahmen glücklicherweise die Golds. Wie Eve jetzt sehen konnte, war es die richtige Entscheidung gewesen. Die Haushälterin war noch nicht einmal eine Woche zu Hause, und sie schien sich bereits gerader zu halten und mit einem Arm ausladender zu winken, als sie es beim Verlassen des Krankenhauses getan hatte.

Eve hatte keine Ahnung, warum Mary so wild mit den Armen herumfuchtelte, und war sich auch nicht sicher, ob sie das überhaupt wissen wollte. Während sie einem kleinen Mädchen half, seine Schuhe zuzubinden, schaute Eve auf und sah, wie Marys Rollstuhl nach links schwenkte und nun in Richtung der Reitbahn fuhr. Dort hatte Jake die Aufgabe, die jüngeren Kinder einzuweisen, die noch nie mit Pferden zu tun gehabt hatten. „Oje!"

Jared drehte den Kopf in die Richtung, in die Eve starrte. Er blickte von der wachsenden Kinderschar zu den Ställen, dann entspannten sich seine Schultern, und ein Lächeln umspielte seine Lippen. „Von der Baronin gerettet.“

Eve verstand das nicht auf Anhieb. Niemand in der Familie hatte ihre Großmutter jemals als Baronin bezeichnet. Diese Frau war ein Segen für alle Menschen um sie herum, und dies war keine Ausnahme. In einem für eine Frau ihres Alters ungewöhnlich hohen Tempo rannte sie auf Mary zu, um deren Rollstuhl abzufangen. „Man muss diese Frau einfach lieben“, flüsterte Eve.

Jared sah sie an. Sein Lächeln wurde strahlender, seine Augen funkelten, und er zwinkerte ihr zu. „Der Apfel fällt nicht weit vom Stamm.“

Eve brauchte ein paar Sekunden, um zu begreifen, was das bedeutete. Nach einem weiteren Moment der Stille, während einige Kinder in der Schlange warteten und andere fröhlich im Haus herumhüpften, betrat Jared das Spielhaus und schlang die Arme um ihre Taille. Für den Bruchteil einer Sekunde stockte Eve der Atem, weil er sie so intensiv ansah.

„Was ich damit sagen will …“ Er zog sie näher an sich heran. „Ich liebe dich.“

Die Sekunden schienen wie in Zeitlupe zu vergehen. Jared hatte sich einen verdammt guten Zeitpunkt ausgesucht, um Eve, umgeben von lauter Fremden, zu sagen, dass er sie liebte. Sie war stärker als die Liebe, die er für seine Familie und seine Freunde empfand. Eve Baron war alles für ihn. Er überlegte, ob er davongehen und so tun sollte, als hätte er nichts gesagt. Er könnte sich einfach wieder um die Kinder kümmern, die in der Hüpfburg herumtollten und vorgaben, sie wären Astronauten oder Akrobaten. Aber am liebsten hätte er Eve erneut an sich gezogen und geküsst, bis ihr schwindlig wurde.

Er wollte sich gerade zurückziehen, als Eve ihm zublinzelte, sich auf die Zehenspitzen stellte und gegen seine Lippen flüsterte: „Und ich liebe dich."

Er konnte der Verlockung nicht widerstehen. Eine Schlange von Kindern, die so lang war wie der Rio Grande, konnte ihn nicht davon abhalten, sie ganz an sich zu ziehen und seine Lippen sanft auf ihre zu pressen.

Unbeeindruckt von dem Verhalten der Erwachsenen zerrte ein kleiner Junge an Jareds Gürtelschlaufe. „Bin ich schon dran?"

Leise lachend ließ Jared die Frau, die er liebte, los und kehrte zu seiner Position am Eingang der Hüpfburg zurück. „Das wollen wir doch mal sehen."

Sosehr er auch versuchte, sich auf das Kommen und Gehen der Kinder zu konzentrieren, er konnte nicht aufhören, zu Eve hinüberzuschauen und zu grinsen wie ein Honigkuchenpferd. Sie liebte ihn auch. Sie liebte ihn wirklich. Er war völlig schockiert, dass er immer noch wie angewurzelt dastand und nicht in der Luft schwebte. Als Chase und C.J. auftauchten, um sie abzulösen, war er wirklich überrascht, wie schnell die Zeit vergangen war. Wie ein Teenager beim ersten Date fühlte er sich auf dem Weg zu den Ställen und der Kälberjagd, als er einfach nur ihre Hand halten durfte.

Bevor sie ihr Ziel erreichten, bog er nach links ab und zog sie in den Schatten der Scheune. „Es tut mir leid, aber ich kann nicht widerstehen." Wieder legte er die Arme sanft um ihre Taille und berührte ihre Lippen mit seinen. Der Kuss war sanft und süß und dauerte länger, als er erwartet hatte, aber nicht so lange, wie er es sich gewünscht hätte.

Schließlich erreichten sie die mobile Tribüne, die

für die Veranstaltung aufgestellt worden war. Entlang des Zauns standen mehrere Kinder. Leuchtend rosa Bänder waren um die Hälse mehrerer junger Kälber gebunden. Das erste wurde freigelassen, und die Knirpse liefen ihm hinterher. Die Kinder liefen im Kreis um das Kalb, oder lief das Kalb im Kreis um die Kinder? Jared war sich nicht sicher, aber er und Eve lachten aus vollem Herzen über die Gruppe. Schließlich schritt einer der Kuhhirten ein und half, das verspielte Kalb in die Enge zu treiben, während einer der größeren Jungen das Band festhielt und es loszog.

Die Menge brach in Jubel aus, und ein weiteres Kalb und mehrere Kinder betraten die Arena und begannen das Lied und den Tanz von vorn. Erst als die dritte Gruppe mit dem kleinen Jake an der Reihe war und ein lautes Keuchen an seiner Seite ertönte, bemerkte Jared, dass die Krankenschwester Mary in ihrem Rollstuhl neben sie gestellt hatte.

„Jake ist zu jung." Mary streckte langsam die Hand aus, um seinen Ärmel zu berühren. „Du musst meinen Jungen da rausholen!"

Sie hatten Mary nicht viel von dem erzählt, was vor sich gegangen war. Obwohl ihr aufgefallen war, dass ihr Enkel sich nicht mehr so oft in der Küche aufhielt, hatte sie noch nicht ganz begriffen, wie viel Jake über das Leben auf einer Ranch gelernt hatte.

Langsam ging Jared in die Hocke, ließ Eves Hand los und ergriff Marys. „Es wird ihm nichts passieren, Mary. Er ist vorsichtig, auch wenn er Spaß hat."

Sie hatte die Augen weit aufgerissen, und er versuchte zu ignorieren, wie sie die Lippen beim Sprechen verzog. Manchmal fiel ihr das Reden leicht, aber je aufgeregter sie war, desto eher stotterte sie.

„Mary, ich verspreche es dir, es ist alles in Ordnung."

Als Mary von ihm zu den herumlaufenden Kindern

schaute, hatte Jake ihm bereits recht gegeben. Sie erhaschten in letzter Minute einen Blick auf ihn, wie er selbstsicher hinter dem Tier herlief, nach dem rosafarbenen Band griff und daran zog, bis er es fest umklammert in die Luft hielt, während die anderen Kinder und das Kalb davonliefen.

„Siehst du?" Die Wärme von Eves Händen, die sich sanft auf seine Schulter legten, brachte ihn ebenso zum Lächeln wie Jakes großartige Leistung. „Er wird ein toller Cowboy werden. Wenn er das will."

Mary sah von Jared zu Eves Händen und runzelte leicht die Stirn, als ihr Blick seinem begegnete.

Er griff über seine Schulter, drückte eine ihrer Hände und lächelte Mary an. „Was soll ich sagen, ich bin unwiderstehlich."

Mit ihrer anderen Hand klopfte Eve ihm leicht auf die Schulter und kicherte dann. „Aber nur ein bisschen."

Diese Interaktion zauberte das erste echte Lächeln auf Marys Gesicht, seit sie ihren Enkel nach dem Aufwachen im Krankenhaus gesehen hatte. „Gut. Sehr gut."

Er hob den Kopf und begegnete Eves Blick, dann schaute er wieder zu dem Geschehen um sie herum. Es war besser als gut. Es war perfekt.

EPILOG

„Nur im Hause Baron kann sich ein einfacher Geburtstag wie ein Ereignis von Weltrang anfühlen." Siobhan Baron schüttelte den Kopf angesichts ihres Bruders.

„Nun", erwiderte Craig lächelnd, „du musst zugeben, dass wir so etwas wie Weltklasse sind."

Seine jüngere Schwester gab ihm einen Klaps auf den Arm – fest. „Was für ein Ego!"

„Wie bitte?" Craig drückte eine Hand auf seine Brust und warf den Kopf zurück. „Du hast mich tief getroffen."

„Ach, Bruder!" Siobhan verdrehte die Augen.

„Was geht hier vor sich?" Kyle stellte sich neben Siobhan.

„Dein Bruder ist ein Idiot."

In Anbetracht der Tatsache, dass Craig auch ihr Bruder war, runzelte Kyle die Stirn, und Craig lächelte unschuldig und zuckte mit den Schultern.

Kopfschüttelnd murmelte Siobhan *Männer* und ging zur anderen Seite der als Tanzfläche eingerichteten Terrasse.

„Ich kann mich nicht erinnern, dass Grandma sich so viel Mühe mit *meinem* dreißigsten Geburtstag gegeben hat." Craig betrachtete die Gäste, die sich plaudernd und lachend über die Terrasse bewegten und eindeutig nicht mehr weit entfernt von einem leichten Schwips waren.

„Die Mädchen bekommen zu ihrem Dreißigsten immer mehr Aufmerksamkeit als die Jungs. Ich glaube, um die Sache mit der biologischen Uhr auszugleichen." Kyle trank einen Schluck von seiner Blaubeerlimonade.

„Gibt es das überhaupt noch?"

Kyle sah seinen Bruder stirnrunzelnd an. „Gibt es was noch?"

„Die biologische Uhr", antwortete Craig.

„Du machst Witze, oder?" Der ungläubige Ausdruck auf Kyles Gesicht war ein Foto wert.

„Nein, ich mache keine Witze. Frauen haben es nicht mehr eilig, vor den Traualtar zu treten, und keiner warnt mehr davor, eine Familie zu gründen, auch wenn man bereits in seinen Vierzigern ist."

Kyle zuckte mit den Schultern. „Die Zeiten mögen sich ändern, aber die biologische Uhr gibt es noch. Sie schaltet sich vielleicht später ein als früher, aber sie ist immer noch da. Ich glaube, Frauen sind einfach nicht mehr so nervös, wenn es darum geht, die Schlummertaste zu drücken."

„Schlummertaste?" Mit einem Mimosa in der Hand kam Paige auf ihre Brüder zu. „Worüber redet ihr zwei?"

„Über die biologische Uhr", wiederholten die beiden Brüder.

Paige grinste Kyle verschlagen an. „Wir bereiten uns darauf vor, den Gouverneur zu einem glücklichen Urgroßvater zu machen, nicht wahr?"

Kyles Augen weiteten sich, und er trat einen Schritt zurück und schüttelte die Hände. „O nein! Auf keinen Fall! Natürlich wollen wir eines Tages Kinder, aber nicht jetzt."

Paige lachte. „Angsthase."

„Sehe ich auch so." Craig zwinkerte seiner Halbschwester zu.

„Ein Esel schimpft den anderen Langohr?" Kyle

wandte sich an seinen Bruder. „Du hast es scheinbar nicht sehr eilig, eine Frau zu finden und eine Familie zu gründen."

„Hey, was soll ich sagen?" Craig lächelte selbstgefällig. „Nicht alle von uns wollen eine Frau von der Straße drängen, um eine Partnerin zu finden."

„Okay", erwiderte Kyle seufzend, „das war nicht mit Absicht."

„Hey, Leute!" Paige hob beschwichtigend die Hände. „Lasst uns einen Waffenstillstand schließen."

Aus den Lautsprechern, die der DJ in der Nähe der Terrasse aufgestellt hatte, ertönte ein älterer Song aus der Generation seiner Großeltern. Craig sah, wie Eve und Jared auf die Tanzfläche schlenderten, wie ein Paar, das bei einer Tanzshow im Fernsehen mitmacht. „Verdammt, sieht sie gut aus!"

Paige nickte. „Ich wette fünf Dollar, dass sie die Tanzfläche innerhalb von fünf Minuten für sich beanspruchen."

„Da mache ich mit." Kyle nickte.

Craig runzelte die Stirn. Warum, zum Teufel, sollten sie die anderen Tänzer vertreiben? Sein Blick war auf seine älteste Schwester und ihren Partner gerichtet, und er beobachtete ihre Gesichter. Wie hatte er nur übersehen können, wie verliebt die beiden waren? Sie sahen einander mit so viel Liebe im Blick an. Es würde ihn nicht wundern, wenn die Hitze in ihren Augen nicht alles im Umkreis von einem Meter in Brand setzte.

„Ich schwöre, jeder denkt, die beiden hätten ihr ganzes Leben lang zusammen getanzt." Paiges verträumter Gesichtsausdruck brachte Craig auf den Gedanken, dass er vielleicht besser auf seine Großmutter hätte hören sollen, als sie sagte, dass Frauen gerne tanzen.

Natürlich hatte Lila Baron auch gesagt, dass Frauen

Männer lieben, die Klavier spielen können, und keiner seiner Geschwister hatte sich je die Mühe gemacht, Klavierunterricht zu nehmen. Außer Mitch irgendwann einmal, und Craig war sich nicht sicher, ob sein Bruder jemals über *Für Elise* hinausgekommen war.

„O wow!" Kyles Augen weiteten sich. „Wie konnte ich übersehen, dass die beiden tanzen können?"

Paige zuckte mit den Schultern und streckte eine Hand aus. „Du kannst genauso gut gleich bezahlen."

„Die Tanzfläche ist immer noch voll." Mitch schüttelte den Kopf. Kaum waren die Worte aus seinem Mund, verließ ein Paar nach dem anderen die Tanzfläche und bildete einen Kreis.

Schon nach wenigen Minuten hatten sie einen ungehinderten Blick auf Eve und Jared, die sich im Gleichschritt bewegten. Jared wirbelte sie herum, während sie die Tanzfläche umrundeten, dann führte er sie hinaus und zurück in seine Arme. Als das Lied zu Ende war, beugte er sie nach hinten, was das Publikum zu Jubelschreien animierte, und bevor Craig Zeit hatte, seine Hände zum Applaus zu erheben, keuchte seine Schwester Paige auf.

Zuerst dachte er, dass vielleicht ein Tier vorbeigelaufen war und sie erschreckt hatte, aber dann bemerkte er, dass ihr Blick immer noch auf die Tanzfläche gerichtet war. Eine weitere Sekunde, und er konnte verstehen, warum die Menge stumm geworden war.

Jared kniete vor Eve und hielt ihr eine offene Ringschatulle hin.

„Da hol mich doch der …"

„Pst!" Paige stupste ihn an. Allerdings verstand er nicht, warum. Aus dieser Entfernung war es völlig unmöglich zu hören, was Jared sagte. Mittlerweile bedeckte Eve ihren Mund mit den Händen und nickte, und er war sich ziemlich sicher, dass ihr eine oder zwei Tränen über die Wange kullerten. Eine weitere

Sekunde, und die Schatulle wurde beiseitegestellt und der Ring an ihren Finger geschoben. Jetzt brach die Menge in Jubel aus.

Craig musste zugeben, dass er sich für seine Schwester freute. Er hatte sie ehrlich gesagt noch nie so glücklich gesehen wie in den vergangenen Monaten, und in diesem Moment strahlte sie vor Freude. Gedanken an Heirat und Familie kamen ihm selbst aber nie in den Sinn. Seine Arbeit war zeit- und reiseintensiv, und sich mit einer Frau und Familie niederzulassen, war nicht Teil seines Lebensplans. Als er nun beobachtete, wie Eve die Arme um Jared schlang und die beiden sich küssten, als wären sie die einzigen Menschen auf der Welt, kam ihm der Gedanke, dass es vielleicht an der Zeit war, seine Pläne zu ändern.

EXCERPT: CRAIG: DU BIST MEIN STAR

Niemand hatte ihm je gesagt, dass das mit dem Altern so früh losgehen würde. Craig Baron trank von seinem kühlen Wasser. Die Reparatur des stiersicheren Zauns zwischen den Ranches der Barons und der Golds erwies sich als etwas schwieriger, als die Brüder gedacht hatten.

„Du bist auch nicht mehr das, was du einmal warst", stichelte Chase grinsend seinen jüngeren Bruder. „Älter werden ist nichts für Weicheier."

„Wer im Glashaus sitzt, soll nicht mit Steinen werfen." Craig stützte sich auf den Stiel seiner Schaufel und straffte die Schultern. „Und fürs Protokoll: Ich bin weder alt noch ein Weichei."

„Sprich für dich selbst." Der Älteste der heutigen Arbeiter, sein Bruder Mitch, zog ein kariertes Halstuch aus seiner Gesäßtasche und wischte sich damit die Stirn ab. „Ich gebe zu, dass das vor zehn Jahren viel einfacher war."

„Ich auch." Kyle, der Bruder, der in der besten körperlichen Verfassung war, trank eine Plastikflasche Wasser auf einmal aus, drückte sie zusammen und warf sie in den nächsten Mülleimer. „Ich glaube, Zäune errichten ist etwas für die nächste Generation."

„Und Autorennen?“ Jared Gold, der dank Craigs Schwester Eve bald ein offizielles Mitglied des Baron-Clans sein würde, hob eine Augenbraue hoch.

Kyle seufzte müde. „Es ist noch nicht offiziell, aber“, er schaute zu einem Punkt in der Ferne, „ich glaube, es ist Zeit, meinen Helm an den Nagel zu hängen.“

Während er noch mehr Wasser trank, hätte Craig es bei diesen Worten beinahe wieder ausgespuckt. Jedes einzelne Mitglied der Baron-Familie war absolut wettbewerbsorientiert. Jeder strebte danach, an der Spitze zu stehen, egal, was man dafür tun musste. Der Gedanke, dass Kyle den Rennsport an den Nagel hing, war so absurd wie der Gedanke, dass Craig einen preisgekrönten Film aufgab. Das würde einfach nicht passieren. „Machst du Witze?“

„Nö.“ Kyle nahm seinen Hut ab und schlug sich damit den Staub vom Oberschenkel, bevor er ihn wieder aufsetzte. „Ich finde einfach, es ist an der Zeit.“

„Wow!“ Mitch schüttelte den Kopf. „Ich weiß, dass du es angedeutet hast, aber ich hätte nicht erwartet, dass du es tatsächlich wahr machst. Zumindest noch nicht.“

„Wie ich schon sagte“, Kyle schnappte sich den Bohrer, „es ist noch nichts offiziell. Vielleicht müssen wir Gibs noch ein Jahr Zeit geben.“

„Es sei denn, jemand übernimmt“, erwiderte Craig. „Ich habe Gerüchte gehört, dass Bergeron mit seinem Team unzufrieden sei. Er ist noch nicht so gut wie du, wird es aber vielleicht bald sein.“

„Hmm“, machte Kyle.

Nach diesem Gespräch vermutete Craig, dass sein Bruder zwar bereit sein mochte, seinen Rennanzug an den Nagel zu hängen, aber nicht, ersetzt zu werden. Craig und Kyle lagen altersmäßig nicht weit auseinander, und doch begann Craig gerade erst, die

Früchte seiner harten Arbeit zu ernten. Der Weg an die Spitze der Filmindustrie war nicht einfacher als der Aufstieg an die Spitze der Rennsportwelt. Er konnte sich nicht vorstellen, dass Kyle aufgeben würde, genauso wenig wie er nicht mit aller Kraft für den nächsten großen Film kämpfen würde, der *Baron Productions* zum heiligen Gral der Branche machen würde. Die Firma, um die sich die großen Stars reißen würden, damit ihre Filme von ihr produziert werden würden, und nicht umgekehrt. Er biss sich auf die Zunge und schüttelte den Kopf. Kyle durfte auf keinen Fall aufgeben.

Jared begutachtete ihre heutige Arbeit und blickte dann zum Himmel. „Die Hitze wird langsam zu drückend."

„Wir sind in Texas", erwiderte Kyle sarkastisch. „Die Hitze ist fast immer drückend."

Jared lachte. „Stimmt, aber in diesem Fall haben wir gute Fortschritte gemacht. Wir könnten jetzt Feierabend machen und morgen weiterarbeiten."

Craigs Rücken schmerzte allein bei der bloßen Erwähnung, dies morgen fortzusetzen. Sein Schreibtischjob hatte ihn wirklich weich werden lassen. „Ich gebe zu, dass sich Hazels französischer Streuselkuchen und ein kühles Glas Blaubeerlimonade im Moment himmlisch anhören."

Mitch starrte in die Ferne und drehte dann den Kopf zu ihnen. „Hazel hat ihren französischen Sahne-Streuselkuchen gemacht?"

Der Typ war einmalig. Gerade dann, wenn Craig dachte, dass sein älterer Bruder völlig in seiner eigenen kleinen Welt versunken war, wurde er munter und ließ jeden wissen, dass er mit der Konversation Schritt gehalten hatte, auch wenn er kein Wort gesagt hatte. Er hatte auch viel mehr Zeit auf der Ranch verbracht als sonst. Mitch flog nach Washington, um seine Aufgaben im Senat zu erledigen, und eilte dann wieder nach Hause, so oft er konnte. Jedes Familienmitglied betrachtete die Ranch als sein Zuhause, und an vielen Wochenenden kam mindestens die Hälfte hierher und richtete sich in ihren alten Zimmern ein, als wäre kein Tag vergangen, seit sie als Kinder die Sommer und Wochenenden mit den Großeltern verbracht hatten. Dennoch war sich Craig nicht sicher, wann Mitch das letzte Mal auch nur einen kurzen Zwischenstopp in seinem Haus in der Innenstadt eingelegt hatte. Fast jedes Wochenende, manchmal auch wochentags, war er in den Scheunen zu finden.

Trotz ihrer Bemühungen, auf subtile Weise herauszufinden, was Mitch bedrückte, war keiner der Brüder in der Lage gewesen auszumachen, warum er in den vergangenen Monaten mehr Zeit als gewöhnlich auf der Ranch verbrachte. Der Schmerz in Craigs unterem Rücken erinnerte ihn daran, dass jetzt eine heiße Dusche angebracht wäre. Die Gedanken um seinen großen Bruder konnte er an einem anderen Tag fortführen.

„Der Letzte, der bei der Ranch ankommt, ist ein Weichei!" Natürlich musste Kyle alle zu einem Rennen anspornen. Er mochte denken, dass er bereit war, sich aus dem Adrenalinrausch der Rennwelt zurückzuziehen, aber Craig war noch nicht überzeugt davon.

In Rekordzeit schafften es die Brüder zurück zur Ranch, wo jeder eine lange heiße Dusche nahm, sich saubere Kleidung anzog und eine kurze Pause vor dem Abendessen mit dem Gouverneur und Grandma einlegte. Sogar Jared und Eve gesellten sich zum Familienessen.

„Gibt es schon ein Datum?", fragte die Großmutter ihre Enkelin beiläufig und streichelte den Welpen an ihrer Seite. Seit Jared vor der ganzen Familie auf die Knie gegangen war und Eve einen Heiratsantrag gemacht hatte, stellte Lila Baron die gleiche Frage.

„Ich möchte mir noch ein paar Locations ansehen, bevor wir die Zahl der Gäste eingrenzen", antwortete Eve so beiläufig wie immer.

Tatsache war, dass er wusste, dass seine Schwester immer noch darauf wartete, dass ihre Mutter Eve einen Zeitpunkt nannte, an dem sie ihr Versteck in Europa verlassen würde, um sich auf eine weitere Familienhochzeit zu wagen. Da die Spannungen zwischen den Barons und ihrer Mutter – der ersten Ex-Mrs. Bradley Baron – immer noch groß waren, nahm seine süße kleine Schwester die Strapazen gerne auf sich.

„Ich habe gehört, dass Paige mit ihren Plänen, das Weingut als Veranstaltungsort für Hochzeiten zu nutzen, gut vorankommt. Vielleicht wäre das eine gute Lösung?" Die Grübchen seiner Großmutter vertieften sich, und ihre Mundwinkel verzogen sich zu einem neckischen Grinsen. „Ich könnte ein paar Fäden ziehen, wenn du willst."

Eves Lächeln wurde noch strahlender und passste zu dem ihrer Großmutter. „Ich habe vielleicht selbst ein paar Fäden, die ich ziehen könnte."

„Welche Fäden werden gezogen?" Paige, die bereits erwähnte Schwester – die Tochter der zweiten Ex-Mrs. Bradley Baron – stürmte ins Zimmer und drückte ihrer Großmutter sofort einen Kuss auf die Wange.

Lila Baron lächelte ihre Enkelin an und winkte Eve zu sich. „Die für eine Hochzeit auf dem Weingut."

Paiges Blick wanderte zu Eve. „Würdest du das gern tun?"

Eve presste die Lippen fest aufeinander und zog die Mundwinkel nach oben, während sie langsam nickte. „Vielleicht."

Paige klatschte begeistert in die Hände, setzte sich auf ihren Platz und sagte zu ihrer älteren Schwester:

„Nach dem Essen reden wir darüber.“

Die beiden Schwestern grinsten einander an wie die kleinen Mädchen, an die er sich noch von früher erinnerte. Obwohl er wusste, dass es viele Diskussionen über Paiges Ambitionen für das Familienweingut gegeben hatte, war ihm nicht klar gewesen, dass sie genug Fortschritte gemacht hatte, um eine Baron-Familienhochzeit auszurichten.

„Wo drehst du diese Woche?“ Der Gouverneur schnitt sein Rinderfilet in Scheiben, stach hinein und ließ es auf der Gabel in der Luft baumeln, um auf Craigs Antwort zu warten.

„Vancouver.“

„Langer Flug.“

Craig nickte. Das wusste er sehr wohl. Als Executive Producer musste er zwar nicht jede Minute am Set sein, aber sein Großvater hatte ihm vor langer Zeit beigebracht, dass man nur dann einen Vorsprung hat, wenn man doppelt so hart arbeitet wie andere. Außerdem hatte der Gouverneur ihnen allen beigebracht, dass der beste Weg, um unangenehme Überraschungen zu vermeiden, darin bestand, immer mindestens ein Auge auf ein Projekt zu werfen. Ob geschäftlich oder privat, Craig hatte genau das getan, und mehr als einmal hatte es ihm den Hintern gerettet.

„Hattest du Glück mit der Option, von der du uns erzählt hast?“

Craig musste überlegen, von welcher Option sein Großvater da redete.

„Du weißt doch“, fuhr dieser fort, als hätte er Craigs Gedanken gelesen, „diese Schauspielerin, die in der Nähe von Austin wohnt und von der du so begeistert warst.“

Ach ja, die schwierige Diva, die vor über einem Jahrzehnt nach Hill Country gezogen war, nachdem sie einen ihrer vielen Blockbuster-Filme fertiggestellt hatte. Die Frau spielte nicht mehr in Filmen mit, die außerhalb ihres Bundesstaates gedreht wurden, *und* besaß zufällig die Rechte an dem heißesten Material, das momentan auf dem Markt existierte. Ein Volltreffer für eine Oscar-Nominierung, wenn man es richtig anpackte, was seine Produktionsfirma tun würde. Dieser Film würde ihn endgültig an die Spitze bringen. „Die Verhandlungen sind noch im Gange."

„Ist das Texas-Studio immer noch der springende Punkt?" Der Gouverneur hob sein Wasserglas an die Lippen, um zu zeigen, dass er zwanglos plaudern konnte, obwohl die Frage, ähnlich wie die seiner Großmutter bezüglich Eves Hochzeit, überhaupt nichts Zwangloses an sich hatte.

Craig nickte. Einer von vielen, wenn es um diese Diva ging.

„Ein Studio näher an deinem Wohnort wäre nicht schlecht. Hast du dir das schon mal überlegt?"

„Immer mal wieder." Das war wahrscheinlich nicht die Antwort, die sein Großvater hören wollte, aber es war die Wahrheit. Oder zumindest ein Teil der Wahrheit. Angesichts der Tatsache, dass die Produktionen oft gleichzeitig im ganzen Land liefen und er immer wieder Nachtflüge nahm, um mitzuhalten, hatte er mehr als nur darüber nachgedacht. Einschließlich der Kosten und der Kopfschmerzen, die ein solches Projekt mit sich bringen würde, vor allem, wenn man bedachte, dass er einen Standort in oder in der Nähe von Houston und der Ranch bevorzugte – in einem Teil des Landes, der praktisch eine Produktionswüste war. Austin lag zwar näher an seiner Wohnung, aber da er mehr Zeit auf der Ranch als in seiner eigenen Wohnung verbrachte und die Kosten und die Verfügbarkeit von Grundstücken selbst für einen Baron mehr als unerschwinglich waren, kam diese Option nicht infrage. So blieb die Möglichkeit, sich stattdessen auf Dallas zu konzentrieren, eine Stadt, die ihn näher an seinen Bruder Chase heranbringen würde und in der es bereits einen ansehnlichen Pool an Fachleuten aus der Filmindustrie gab. Trotz des Vorteils, den der Standort in Nordtexas bot, konnte er sich nicht dazu durchringen, vier Stunden fahren zu müssen, um seine Familie und die Ranch zu besuchen, genauso wenig wie dazu, die gleiche Zeit in einem Flugzeug zu verbringen. Stattdessen hatte er sein Bestes getan, um die Diva aus Texas zu locken – bisher ohne Erfolg.

„Du weißt, dass der Gesetzgeber gerade neue Steueranreize für genau diese Art von Projekten genehmigt hat?"

Er hob den Kopf und starrte seinen Großvater an. Ehrlich gesagt hatte er nicht darauf geachtet, ob der Staat Texas für derartige Projekte Vergünstigungen anbot. „Ich werde es mir ansehen."

Der Gouverneur nickte kurz. „In meinem Büro liegt ein Ordner mit den Highlights. Wenn du daran interessiert bist, kannst du nach dem Essen einen Blick darauf werfen. In der gleichen Mappe sind auch ein paar Immobilienvorschläge, die dein Cousin Devlin vorgelegt hat."

Wieder nickte Craig. Es war eigentlich egal, ob er interessiert war oder nicht – zumindest war er definitiv neugierig –, denn ein Vorschlag des Gouverneurs war im Prinzip ein militärischer Befehl, auch wenn seine Enkel keine Soldaten waren. In jedem Fall musste er befolgt werden. Natürlich war die Frage, die ihm durch den Kopf ging, ob dieser Vorschlag seine strapaziösen Dienstreisen und Verhandlungsmarathons beenden oder ein Schuss ins eigene Knie sein würde.

„Das nächste Mal, wenn jemand nach viel zu vielen Schokoladen-Martinis *Roadtrip* schreit, erinnere mich daran, dass ich darauf bestehe, dass wir wenigstens in Texas bleiben." Kathleen Elizabeth Donovan, besser bekannt als Kate, war durch und durch extrovertiert, mit einem Hauch von Diva. Außerdem war sie zu alt, um den ganzen Tag im Auto zu sitzen. Aber sie hatte zugestimmt, mit ihren Freunden eine spontane Reise durch zwei Bundesstaaten zu unternehmen.

„Willst du damit sagen, dass dir die heißen Quellen nicht gefallen haben?" Joan, ihre beste Freundin seit dem Kindergarten, machte sich nicht die Mühe, von der Straße zu Kate zu blicken. Wahrscheinlich, weil Joan die Antwort bereits kannte.

„Es war wirklich durch und durch entspannend." Das war es wirklich gewesen. Angefangen mit dem Kühlschrank, der die Milch nicht nur gekühlt, sondern gefroren hatte. Dann war da der Teenager gewesen, dessen Highschool-Band mitten im Online-Meeting Metallica-Songs geübt hatte. Schließlich irgendein Idiot, der nicht verstanden hatte, dass man nicht einfach mit nistenden Meeresschildkröten spielen darf. An manchen Tagen kam das Leben einfach aus allen Richtungen auf einen zu. Nach drei Tagen der Ruhe und Stille in der Natur und all den kleinen Krabbeltierchen, die damit einhergingen, war Kate klar geworden, wie anstrengend die reale Welt geworden war. „Wir müssen wirklich öfter mal ausbrechen."

„Amen. Es würde allerdings helfen, wenn du wenigstens einen Bruchteil der Zeit, die du mit der Rettung der Welt verbringst, darauf verwenden würdest, dich selbst zu verwöhnen."

„Mag sein." Viel mehr konnte sie nicht sagen, schließlich hatte Joan ein gutes Argument. Solange Kate denken konnte, machte sie sich mehr Sorgen um hilflose und verlassene Tiere als um Menschen. Nicht jeder hatte das Privileg, erwachsen zu werden und seine Leidenschaft zum Beruf zu machen. Sie wünschte sich nur, eine erfolgreiche Umweltschützerin zu sein, würde nicht bedeuten, sich mit der geldgierigen, vor allem auf Profit ausgerichteten Seite der Gesellschaft auseinandersetzen zu müssen. Die Erhaltung gefährdeter Arten und ihres natürlichen Lebensraums hatte sich als viel anspruchsvoller erwiesen als die Pflege einiger ausgesetzter Kätzchen, als sie neun Jahre alt gewesen war. Trotzdem würde sie nichts daran ändern – außer vielleicht, dass sie von nun an ein paar mehr Wochenenden mit den Mädels verbringen würde.

Weniger als eine Stunde von zu Hause entfernt, wies die Computerstimme des Navis sie ohne einen Hauch von Zweifel an, die nächste Ausfahrt zu nehmen. Ein kurzer Blick auf die Karte und die lange orangefarbene und dann rote Linie entlang des Highways erklärte, warum. Nur wenige Augenblicke nach der Umleitung begann der Verkehr zu stocken, als sie sich der vorgeschlagenen Ausfahrt näherten.

Joan schüttelte den Kopf und seufzte. „Ich nehme an, die zwanzig Minuten, die uns dieser kleine Umweg zusätzlich kostet, sind weniger als die Zeit, die wir verlieren würden, wenn wir auf dem Highway blieben."

„Keine Frage." In den folgenden Minuten folgten sie der Landstraße und konnten den Parkplatz sehen, zu dem der Highway geworden war. „Die Leute da tun mir leid. So wie es aussieht, werden sie noch eine ganze Weile dort festsitzen."

„Dem Himmel sei Dank, wer auch immer Navis erfunden hat! Ich glaube, ich werde ein Glas Wein trinken, wenn wir nach Hause kommen, um ihn oder sie zu ehren."

„Ich auch." Kate lachte. Sie lehnte den Kopf gegen die Kopfstütze und betrachtete die rosa, roten und orangefarbenen Farbtupfer am Himmel, während die

Sonne hinter den Baumkronen vor ihnen unterging. Der kleine Umweg hatte sie weit vom Highway weg und tief in die Landschaft geführt. Es war lange her, dass sie so viele Sterne am Abendhimmel gesehen hatte. Die Lichtverschmutzung in Houston machte sie schon seit Jahrzehnten beinahe unsichtbar.

Als sie den Blick über die Baumkronen im Mondlicht schweifen ließ, fiel ihr ein Vogel im Flug auf. Die Spannweite der Flügel war beeindruckend, und deren anmutige Bewegungen zauberten ein Lächeln auf ihr Gesicht. Für Kate war es ebenso entspannend, freilebende Tiere in ihrem natürlichen Lebensraum umherstreifen – oder in diesem Fall fliegen – zu sehen, wie Zeit in den heißen Quellen zu verbringen. Ihr Herz klopfte aufgeregt, als das, was sie jetzt als Eule erkannte, auf einem tief hängenden Ast am Straßenrand landete.

„Hast du das gesehen?" Joan deutete mit einem Arm in Richtung der Eule.

„Ja, habe ich. Großartig."

Als sie näher kamen und Joans Auto fast unter dem Tier war, erkannte Kate, welche Eulenart ihnen eine Show geboten hatte. Wenn sie sich nicht irrte, gehörte diese spezielle Eule zu den gefährdeten Rassen, die in Texas auf einer Liste standen. Das lag vor allem daran, dass sich diese Tiere ihres Wissens nur selten westlich von Louisiana aufhielten. Als ob die Vögel eine innere Landkarte hätten, machten sie fast immer an der Staatsgrenze Halt.

„Oh, da fliegt er!" Mit ausgestrecktem Arm zeigte Joan in die Richtung, in die der Vogel geflogen war.

Kate seufzte tief, denn ihr war klar geworden, dass sie der Eule folgen wollte. Wenn es um Wildtiere ging, musste sie herausfinden, wo diese zu Hause waren, so auch bei diesem Vogel. Sie zeigte auf einen Feldweg gleich hinter dem Baum. „Folge diesem Vogel!"

Joan wurde langsamer und wandte sich zum ersten Mal, seit sie vom Highway auf die einsame, dunkle, unbeleuchtete Landstraße abgebogen war, an Kate: „Das soll wohl ein Scherz sein?"

Kate schüttelte vehement den Kopf und deutete weiterhin nach vorn. „Ich muss herausfinden, ob er markiert und geschützt ist."

Joan seufzte schwer. „Ich schätze, ich sollte dankbar sein, dass du keine gefährdeten Tiere entdeckt hast, bevor wir die Staatsgrenze überquert haben. Ich nehme an, der Grund, warum wir diesen armen Vogel verfolgen, ist, dass er vom Aussterben bedroht ist?"

„Kann sein."

Diesmal runzelte Joan die Stirn, als sie von der zweispurigen Straße abbog. „Bitte sag mir nicht, dass du nur zum Spaß Vögel beobachten willst."

„Natürlich nicht."

„Du weißt doch, dass du nicht im Dienst bist, oder?"

„So etwas gibt es nicht." Die Rettung des Planeten war kein klassischer Job wie der einer Empfangsdame in einer Anwaltskanzlei. Sie sorgte sich immer um Tiere, auch wenn sie nicht allen helfen konnte.

„Aha." Joan zuckte zusammen, als ihr teures Auto über den unebenen Weg holperte. „Oh, ich hoffe doch sehr, wir bekommen keinen Platten. Hier draußen wird man uns nie finden."

Einen Moment lang verlor Kate die Eule aus den Augen, und dann, als wüsste das Tier, dass sie es suchte, machte es einen Beinahe-Sturzflug und flog über die Vorderseite des Autos.

„Ich glaube, das ist ein Privatgrundstück." Joan umklammerte verzweifelt das Lenkrad, während sie die Umgebung absuchte und bei jedem Schlagloch, über das sie fuhren, heftiger zusammenzuckte. „Wenn irgendein alter Knacker aus seinem Farmhaus rennt und mich erschießt, kannst du meinen Eltern erklären, warum dieser Vogel so wichtig war.“

Für einen kurzen Moment hätte die Vorstellung eines alternden Ranchers mit einer Pfeife, einem Overall und einer Schrotflinte in der Größe von Texas Kate ihre absurde Verfolgungsjagd beinahe überdenken lassen. Beinahe. „Ich bin sicher, wir schaffen das schon. Jeder Rancher oder Farmer, der etwas auf sich hält, ist bei Sonnenuntergang ins Bett gegangen.“

„Das hoffe ich sehr.“

„Da!“ Kate deutete auf mehrere Gebäude auf einem überwucherten Feld, in denen die Eule verschwunden war. „Dort muss sie nisten.“

„Ich dachte, es wäre ein Er?“ Joans Stimme war eine Oktave höher, als ihr Auto erneut über ein Schlagloch fuhr.

„Er, sie, ist das wichtig?“

„Für seinen oder ihren Partner schon.“ Der Humor ihrer Freundin war zurück.

Jetzt musste sie nur noch herausfinden, wie sie das Feld überqueren und sein oder ihr Nest in der Dunkelheit finden konnten. Und was noch wichtiger war – ohne dass Joan sie umbrachte!

ÜBER CHRIS KENISTON

Chris Keniston ist Autorin von vierzig zeitgenössischen Romanen und lebt mit ihrem Mann, zwei menschlichen Kindern und zwei Hundekindern in einem Vorort von Dallas. Obwohl sie beide Hunde gleichermaßen liebt, gibt sie zu, eine ganz besondere Bindung zu ihrem Deutschen Schäferhund aus dem Tierheim zu haben. Schließlich verdienen auch Hunde ein Happy End.

Auf www.chriskeniston.com erfahren Sie mehr über Chris Keniston und ihre Bücher.

Folgen Sie Chris' Montagsblog auf ihrer Website ChrisKenistonAutoren

Folgen Sie Chris auf Facebook unter ChrisKenistonAutorin